GREAT

그레이트 코리아

KOREA

3

contents

1.
복수보다 우선 되어야 할 일

웅성웅성.

입국하는 사람들과 또 떠나가는 사람들 이 분주하게 움직이는 공항, 그 안에 많은 군상들이 있다.

그리고 그런 군상들 속에서 가족으로 보이는 젊은 사내와 세련된 중년 여인 그리고 중년의 남자가 있었다.

남자들의 표정에는 이별의 씁쓸함이 있지만 중년 여성은 뭐가 그리 슬픈지 펑펑 울고 있었다.

아니, 대성통곡을 하고 있었다.

"엉엉, 우리 아들 엄마가 같이 못 가서 어떻게 해!"

역시나 중년 여성은 젊은 사내의 어머니인지 무척이나 슬퍼했다.

대성통곡을 하던 여인에게 시선이 집중이 되긴 했지만 곧 주변 사람들의 관심은 다시 자신들의 일로 돌아갔다.

조금 특이한 광경이긴 하지만 사람들의 관심을 오래 끌 만한 요소는 없었기 때문에 금방 시선을 돌린 것이다.

"여보 며칠 뒤면 다시 볼 건데 그만 보내 줍시다."

"그래도요. 18년 만에 만났는데 겨우 일주일 만에 돌아가는 건데……."

"엄마, 연말에 한국에 오신다면서요. 그러니 이렇게 너무 슬퍼하지 마세요."

"알았다."

수한은 자신을 붙들고 대성통곡을 하는 엄마로 인해 무척이나 난감했다.

설마 엄마가 자신이 한국으로 돌아가는 것 때문에 이렇게 대성통곡을 할 줄은 상상도 못했기 때문이다.

자신에 관해서는 무척이나 집착이 심한 의붓어머니인 최성희도 이 정도는 아니었다.

이게 핏줄이란 것인지 새삼 다시 한 번 생각하게 하였다.

─잠시 뒤 한국행 비행기가 이륙합니다. 탑승자들은 수속을 밟아 주시기 바랍니다.

스피커에서 출국 수속을 받으라는 안내가 나오자 수한은 얼른 울고 있는 엄마를 달랬다.

"엄마! 이만 가 봐야겠어요. 출국 수속을 받으라고 하네요."

"그래, 아들 엄마 없더라도 밥 잘 챙겨 먹고, 엄마가 한국 가서 전화할게."

"응, 아주 못 보는 것도 아닌데, 그만 눈물을 그치고 웃는 얼굴로 보내 주세요."

"그래, 그래 우리 아들 그럼 나중에 보자!"

"네, 엄마 그때까지 건강하세요. 아버지도 나중에 봬요."

"그러자, 나는 엄마랑 같이 못 가지만 아무튼 건강해."

"예, 그럼 저 가 볼게요."

"그래."

수한은 부모님을 뒤로하고 한국행 비행기에 몸을 실었다.

그런 수한의 뒷모습을 지켜보는 미영은 수한의 몸이 게이트 안으로 들어서 모습이 보이지 않자 그제야 그쳤던 눈물을 다시 흘렸다.

"허허, 진정하구려."

정명수는 18년 만에 다시 만난 아들을 배웅하며 눈물을 흘리는 아내를 위로했다.

그도 아내와 같은 심정이지만 남편으로서 아내에게 약한 모습을 보이지 않기 위해 의연하게 슬픔을 참고 아내를 위로하였다.

한편 한국행 비행기에 오른 수한도 이곳 캄보디아에 남은 부모님을 생각하고 있었다.

18년 만에 재회한 부모님의 모습은 무척이나 늙어 있었다.

물론 다른 일반인들보다 풍족한 삶을 살아 나이에 비해 젊은 모습이긴 하지만, 수한의 눈에는 예전 한창일 때의 부모님의 모습이 머릿속에 기억되어 있었다.

하지만 18년 만에 돌아와 본 부모님의 얼굴은 자신에게 숨기려 했지만 자신을 잃어버리고 얼마나 마음고생이 심했는지 알 수 있었다.

자신이 괜한 고집으로 좀 더 일찍 찾아뵙지 못한 것이 무척이나 후회가 되었다.

사실 마음만 먹으면 그 당시 탈출을 하고 난 뒤 연락을 할 수도 있었다.

물론 아기라고는 하지만 이미 자신이 말을 할 줄 안다는 것을 의붓어머니인 최성희도 알고 있었기에 알리려고 한다면 충분히 알릴 수도 있었다.

그렇지만 수한은 그렇게 하지 않았다.

의붓 할아버지인 혜원의 말도 있었지만 당시 수한으로서도 혜원의 말이 아니더라도 자신의 안전과 가족들의 안전을 위해서 자신이 힘을 가져야 한다고 생각을 했다.

그래서 전생에 대마도사였던 자신의 힘을 되찾은 뒤에 가족을 찾기로 결정을 했다.

사실 수한이 이런 결정을 한 이유에는 전생의 기억을 가지고 있어서 마도사로서 합리적 사고를 하는 것도 있지만 가족애에 대한 계념이 환생을 하면서 조금 생기긴 하였지만 아직 가족애라는 감정을 확신하지 못하기에 이런 결정을 내리게 되었다.

그리고 현재 며칠 뒤면 볼 수 있는 자신을 떠나보내는 것도 저렇게 슬퍼하는 어머니의 모습에 자신이 그동안 잘못하였다는 것을 깨닫게 되었다.

부모님에 관한 생각을 하던 수한은 문득 캄보디아에서 만났던 탈북자들의 일이 생각났다.

캄보디아에서 한국의 인천공항까지 5시간 20분 정도가 소요되기에 수한은 부모님 생각에서 이번에는 탈북자 문제를 생각하게 되었다.

◈   ◈   ◈

이미 캄보디아 국경을 넘어 라오스 국경수비대의 뒤를 따라 그들이 묶는 부대 근처까지 따라갔다.

후앙이라는 라오스 국경수비대 장교를 따라간 이유는 그들이 탈북자 중 3명의 여성을 억류하고 있다는 것을 알고 있기 때문이다.

그들의 상태를 살피고 될 수 있으면 그들을 그곳에서 빼내기 위해 이들의 뒤를 다른 것이다.

캄보디아와 라오스의 국경은 한국처럼 경계가 철책으로 나눠져 있는 것이 아니다.

우거진 정글을 기준으로 나눠져 있었다.

그래서 밀렵꾼이나 밀수꾼들이 라오스와 캄보디아, 캄보디아와 베트남 또는 베트남, 라오스 이렇게 삼국의 국경을 수시로 넘으며 이득을 취하고 있었다.

우거진 정글 때문에 밀렵꾼이나 밀수꾼들을 100% 통제를 하지 못하기 때문에 브로커들이 탈북자를 탈출시키는 루트로 이용하는 것이기도 했다.

물론 국경을 지키는 국경수비대에 걸리게 되면 심각한 처벌을 받게 되지만 계중에는 머리를 써 국경수비대 군인들을 매수해 안전을 도모하는 단체도 있다.

수한이 듣기로 후앙이란 라오스 군인도 이런 밀렵꾼이나 밀수꾼들에게 뇌물을 받는 이들 중 한 명인 것을 알게 되었다.

돈 맛을 알게 된 그는 그동안 몰랐던 탈북 브로커를 발견하게 되자 욕심이 생겨 여자들을 억류하고 돈을 요구한 것이다.

이 때문에 브로커는 들어가지 않던 뇌물이 들어가야 하는 문제 때문에 자신이 본 손해를 주지훈 목사에게 요구를 하였다.

그에 그치지 않고 이번에 발생한 손해에 더해 앞으로 후앙에게 들어가야 할 뇌물까지 청구했다.

여러 곳에서 지원을 받는다고 하지만 탈북자 1명을 돕기 위해 들어가는 비용을 주지훈 목사가 감당하기는 힘들었다.

수한은 어떻게든 이들을 돕고 싶은 마음에 일단 자신이 할 수 있는 일을 하기로 했다.

우선 후앙의 군대에 억류된 여성들을 구출하기로 결심하고 다른 사람의 만류에도 불구하고 여기까지 왔다.

후앙의 군대를 미행하길 1시간여가 지나자 그들이 작은 움집 같은 곳으로 들어가는 것이 보였다.

겉으로 보기에는 그리 크게 보이지 않았는데, 입구로 들어가는 그들의 행동으로 봐서는 아무도 겉보기와 다르게 안쪽으로 넓은 공간이 있을 것 같았다.

수한이 그런 라오스 국경수비대의 초소를 보며 판단하기로 이들과 국경을 맞대고 있는 캄보디아의 국경초소도 이와 비슷하게 만들어졌을 것으로 생각이 되었다.

브로커의 뒤를 미행하며 보았던 캄보디아의 국경초소도 저처럼 주변과 동화된 작은 초소였기 때문에 수한은 문득 베트남 전쟁 때 월맹군이 전쟁 중 사용했던 지하 미로가 생각났다.

이러 정글 속에서 커다란 군부대를 만들기보다는 지하에 공동을 뚫어 이용하는 것이 보다 효율적이겠다는 생각을 하였다.

'그래, 저들은 지하에 보다 넓은 공간을 뚫고 생활을 하는 것이로군!'

기습을 받더라도 입구가 작고 또 지하에 시설이 되어 있으니 외부에서 침투하기가 여간 어려운 것이 아니다.

더욱이 자세히 보지 않으면 주변에 있는 나무와 풀 때문에 초소도 쉽게 찾아내기 힘들었다.

수한이야 국경수비대의 뒤를 따라왔으니 쉽게 찾을 수 있었던 것이지 그렇지 않았다면 주변을 지나가더라도 발견하기 어려웠을 것이다.

"디텍션."

수한은 초소의 뒤로 돌아가 탐지마법을 사용했다.

초소 내부를 마법을 사용해 살펴본 결과 역시나 짐작대로 초소 뒤쪽 땅을 파고 그 안에 공간을 만들어 땅속에서 생활을 하고 있었다.

덥고 습한 이곳 지역에서 땅속에 생활공간을 만드는 것이 어쩌면 지상에 부대 막사를 짓고 생활을 하는 것보다 더 좋을 수 있으니 이것도 아마 다년간 연구한 결과로 이런 형태의 군대 막사가 나온 것이리라.

내부의 상황을 알게 된 수한은 또 다른 군인들이 있는지 살피기 위해 조금 더 시간을 두고 살피기로 했다.

시간은 흐르고 하늘은 어느새 색이 변해 별들이 반짝이며 하나둘 모습을 보이기 시작했다.

수한이 시간을 들여 살펴본 결과 이곳 초소는 후앙의 부대가 사용하는 것인지 다른 군인들의 모습은 보이지 않았다.

그리고 후앙의 부대는 총 38명의 군인들로 이루어진 독립 소대 정도의 병력으로 이루어진 것을 알게 되었다.

일반적인 소대라고 보기에는 인원이 적었다.

후앙의 부대원들은 분대 단위로 2시간에 1번씩 순찰을 도는 것을 확인한 수한은 더 이상 시간을 허비하지 않기로 했다.

'이번에 나오는 자들부터 처리하고 들어가야겠다. 괜히 시간을 허비해 부모님을 걱정하게 하는 것보다는 빨리 일을 마치고 돌아가는 것이 좋겠다.'

수한은 이번에 순찰을 돌기 위해 나오는 군인들을 초소와 떨어진 곳에서 처리하기로 결심했다.

그렇다고 그들을 죽일 생각은 없었다.

굳이 그들을 죽여 괜히 국경의 경비가 강화되게 된다면 나중에 이곳을 지날 탈북자들이 어려워지기 때문이다.

수한은 이왕 이렇게 된 것, 후앙이 데리고 있는 군인들 모두를 세뇌하기로 결심했다.

안전한 루트를 개척하는 것이 얼마나 힘든 일인지 들어 잘 알고 있는 수한이다.

더욱이 탈북 브로커의 성향으로 보아 이곳 루트가 막히고 새로운 루트를 개척하게 된다면 지금보다 많은 비용을 요구할 것이 분명했다.

자신의 손해를 어떻게든 떠넘기려고 하는 그의 행동을 지켜보았기에 수한은 차라리 군인들을 죽여 문제를 만들기보다는 세뇌를 시켜 보다 안전하게 만들 계획이다.

삐걱.

국경수비대가 순찰을 돌 시간이 되자 초소에서 문이 열리는 소리가 들렸다.

늦은 시각이지만 군인은 자신의 임무를 수행해야 한다.

초소를 나온 군인들은 마치 밤 마실 나가는 것 마냥 두런두런 이야기를 하며 가고 있었다.

원칙적으로 국경을 순찰할 때는 혹시라도 적이 나타날 것을 대비해 기도비닉을 유지해야 하지만 이들은 그렇지 않았다.

아마도 국경을 맞대고 있다고 하지만, 적대적인 상황이 아니기 때문에 혹시 모를 충돌을 대비해 일부러 소리로 자신의 위치를 알리는 것 같았다.

하지만 수한에게 이들의 행동은 참으로 고마운 행동이었다.

물론 전생의 능력을 모두 회복한 수한으로서는 이 정도 어둠을 극복할 방법은 많았다.

그렇지만 이렇게 자신이 있는 위치를 알려 주는 이들을 찾는 수고로움을 할 필요가 없어져 힘을 아낄 수 있으니 고마운 일이었다.

"센드 포그."

한 명이라면 슬립이란 간단한 주문에 끝날 일이지만, 지금은 순찰을 도는 군인들 다수를 한꺼번에 재워야 하는 관계로 5클래스에 해당하는 센드 포그 마법을 사용했다.

이 마법은 수한이 전생에 만든 창작 마법으로 복수의 사람을 한 번에 재우기 위해 만든 마법이다.

슬립 마법식과 포그 마법을 합성해 만든 것으로, 1클래스인 포그 마법과 3클래스의 슬립 마법을 합성한 것인데 5클래스 급의 마법이 나왔으니 그 효율은 무척이나 좋지 못했다.

원칙적으로 3클래스 후반의 마법이 나와야 하는데 어찌

된 일인지 센드 포그 마법은 5클래스의 마법이 되었다.

물론 범위는 축구장 하나를 커버할 수 있을 정도로 넓었으나 들어가는 마력의 량에 비해 효과는 그리 좋지 못해 수한도 전생에 잘 사용하지 않았다.

아무튼 하나의 마법으로 간단하게 분대 병력을 제압하였다.

이제 남은 26명이 초소 내에 남아 있을 것이라 생각하고 수한은 일단 잠에 빠진 이들을 준비한 밧줄로 묶어 두었다.

자신이 제압한 군인들을 묶고 난 수한은 조심스럽게 초소로 접근했다.

은밀히 처리했기에 아무도 순찰을 나간 수비대 군인들이 제압된 게 알려지지 않았다.

더욱이 내부를 살펴보니 지금 초소 안에 깨어 있는 군인도 2명뿐이고, 그들 역시 초소 입구와 깊은 곳에 따로 떨어져 있어 입구에 있는 자만 처리하면 쉽게 침투할 수 있을 것으로 보였다.

"슬립."

입구의 틈으로 보이는 군인을 향해 마법을 시전 했다.

마법에 대한 저항이 없는 군인은 너무도 쉽게 마법에 빠져 버렸다.

지구에 살고 있는 생명체는 마법이란 힘에 아무런 저항을 하지 못했다.

수한이 처음 이런 사실을 알았을 때는 정말이지 깜짝 놀랐다.

어떻게 마법에 아무런 저항도 못하는지 연구를 할 정도였다.

그런데 결론은 너무도 허무했는데, 지구의 생명체가 마법에 저항을 못하는 이유가 지구에는 마법이란 힘이 출현한 적이 없기에 세포 속 DNA에 마법에 관한 정보가 없었다.

생명체는 진화를 하면서 자신이 겪은 힘이나 환경에 저항력을 가지게 진화를 한다.

하지만 지구의 생명체들은 다른 여타의 힘이나 환경에 저항력을 가지고 진화한 반면, 마법은 새로운 힘이었기에 저항할 수 없다.

그것은 수한이 겪어 본 그 어떤 특별한 능력을 가진 사람도 자신의 마법에는 저항을 하지 못했다.

일 예로 수한에게 전통 무술을 가르쳐 준 혜원이 그랬다.

상당한 수련을 하여 발경을 할 수 있을 정도로 대단한 능력을 가지고 있었지만 수한의 마법에는 속수무책이었다.

이 때문에 수한이 혜원이 가르치려는 무술을 등한시한 적도 있지만, 나중에야 마법이 만능이 아니며, 이곳 현생의 과학도 마법 못지않은 힘이 있다는 것을 알게 된 후부터는 객관적으로 모든 것을 받아들이기로 결심을 하였지만 말이다.

아무튼 간단하게 초병을 제압하고 그를 벽에 기대에 잠이
든 것처럼 처리한 뒤 또 다른 깨어 있는 자를 찾아 이동을
했다.

초병 말고 깨어 있던 사람은 바로 이 소대의 소대장인 후
앙이었다.

후앙이 있는 방 앞에 선 수한은 방으로 들어가기 전 마법
을 시전 하였다.

이번에는 잠을 재우기 위한 슬립 마법이 아니기 때문에 다
른 마법을 사용했다.

후앙을 제압하여 세뇌를 해야 하기 때문에 슬립이 아닌 사
일런트 마법을 사용했다.

자신이 후앙을 제압하고 세뇌를 하는 동안 어떤 소리도 외
부로 나가지 않게 하기 위해 마법을 방 입구에 펼쳤다.

"사일런트."

마법이 펼쳐지자 주변의 소음이 사라졌다.

수한은 마법이 성공적으로 입구에 펼쳐진 것을 확인하고
문을 열고 안으로 들어갔다.

문이 열렸지만 조금 전 초소의 문을 열었을 때처럼 삐걱
거리는 소리도 들리지 않았다.

문을 열고 들어가자 후앙이 무언가를 하는 것이 보였다.

아무런 소리도 없이 방문이 열렸기에 아직 수한이 들어온 것을 인지하지 못하고 뭔가를 쓰고 있는 모습이었다.

"홀드."

작은 소리가 들리고 후앙은 문서를 작성하다 말고 자신의 몸이 뭔가에 묶이는 느낌을 받자 깜짝 놀랐다.

"누구냐!"

자신의 몸이 이상하다는 곳을 깨닫고 소리치는 후앙이었지만, 수한은 느긋하게 그의 앞으로 다가가며 말을 하였다.

"앞으로 네 주인이 될 사람이다."

"뭐라고? 거기 아무도 없나!"

후앙은 수한의 말에 뭔지 모를 위기감에 고함을 질렀으나 어느 누구도 방으로 찾아오는 이가 없었다.

"아무리 소리쳐 봐야 소용없을 것이다."

수한은 나지막한 목소리로 후앙에게 말을 하였지만 후앙이 듣기에 그 목소리는 지옥에서 울리는 악마의 소리처럼 들렸다.

"그렇게 너무 두려운 표정을 지을 필요 없다. 네가 필요하기에 그저 너를 종으로 만들려는 것뿐이다."

조용조용 후앙의 귀에 자신의 목적을 말한 수한은 세뇌 마법을 시전 했다.

"참(Charm)."

마법이 시전 되자 후앙의 눈이 풀리기 시작했다.

뭔가 홀린 듯 그의 눈은 수한의 얼굴에서 떨어지지 않았다.

자신을 홀린 듯 쳐다보는 후앙을 보며 수한은 조금 더 낮고 은근한 목소리로 말을 걸었다.

"앞으로 탈북자를 인솔하는 브로커가 지나갈 것이다. 그러면 무조건 그들을 안전하게 통과시켜라."

"알겠습니다."

수한의 주문에 후앙은 그것이 자신의 사명이라도 된 듯 중얼거리다 대답을 하였다.

후앙이 자신의 세뇌 마법에 빠져들었다는 것을 확인하자 수한은 이들에게 잡혀 있는 탈북여성을 찾았다.

의외로 그녀들은 가까운 곳에 있었다.

바로 후앙이 머물고 있는 방 오른쪽 2번째 방에 있었는데, 그 방은 바로 후앙의 방 바로 옆에 있었다.

그 때문인지 남자들만 있는 곳이지만 그녀들은 수한이 생각한 것보다 괜찮은 모습을 하고 있었다.

엉엉엉!

"오마니!"

"순덕 어매야!"

"미자야!"

"달래야!"

탈북자들이 모여 있던 안가는 순식간에 울음 바다가 되어 버렸다.

라오스 국경수비대에 억류되어 있던 3명의 탈북 여성을 구해 돌아온 수한은 눈물의 상봉을 하고 있는 이들을 보며 가슴이 찐했다.

자신도 타인에 의해 납치가 되어 장장 18년 만에 가족과 상봉을 하지 않았는가?

이들 탈북자 가족이 서로 얼싸안고 눈물바다를 만드는 것이 남 일 같지 않았다.

"좋은 일 하셨습니다."

"아닙니다."

"아니요. 정말로 위험한 곳에서 저들을 무사히 데려온다는 것이 얼마나 위험한 일인지 잘 알고 있습니다.

주지훈 목사는 수한의 곁에 다가와 그가 한 일을 치하했다.

사실 주지훈 목사는 수한이 브로커를 따라가 국경에 억류되어 있는 탈북 여성들을 데려오겠다는 말을 했을 때 깜짝 놀라며 만류했다.

하지만 말은 하지 않았지만 수한이 본 억류된 가족을 가지고 있는 그들의 표정에서 부모님의 모습을 보았다.

그 때문에 나선 것이었다.

능력이 없다면 모르겠지만 자신은 충분히 안전하게 그들을 구해 줄 수 있었다.

능력이 있기에 나섰고 또 그들을 무사히 이곳으로 데려올 수 있던 것이다.

"앞으로는 조금 더 수월하게 다른 탈북자들을 도우실 수 있을 것입니다."

"어떻게 말입니까?"

"밝힐 수는 없지만 제게 조금 남다른 능력이 있습니다."

수한이 자세한 말을 하지 않으려고 하자 주지훈 목사도 굳이 상대가 말하지 않는 것을 묻지 않았다.

이것도 다 나이를 먹다 보니 깨닫게 된 것인데, 남이 비밀로 하려는 것을 굳이 억지로 알려고 하면 결과가 좋지 못하다는 사실이었다..

그래서 지금도 수한이 하는 말을 그저 듣고 자신은 그 혜택만 받으면 된다는 생각을 했다.

수한의 말대로 보다 안전한 루트로 탈북자들을 데려올 수 있으면 그보다 좋은 것은 없는 일이니 굳이 쓸데없이 물어 수한과 틀어질 필요는 없는 일이다.

더욱이 수한이 한국에 돌아가 자신이 캄보디아에서 하려는 일에 도움을 줄 사람을 연결해 주기로 약속하지 않았는가?

"감사합네다."

"동무 감사합네다."

가족을 되찾은 탈북자 가족들은 자신들의 가족을 되찾아 준 수한에게 다가와 감사 인사를 하였다.

그런 탈북자 가족들의 모습에 수한은 가슴에 뜨거운 무언가가 달아오르는 것을 느꼈다.

결코 싫지 않은 기분에 자신도 모르게 입가에 미소가 걸렸다.

'이래서 할아버지가 어려운 이웃을 도우라고 하는 것이구나!'

수한은 가슴이 뜨거워지는 느낌에 혜원이 했던 말의 뜻을 깨달았다.

◆　　　◆　　　◆

청담동의 한 카페, 수한은 카페 창을 통해 거리를 돌아 분주히 돌아다니는 사람들을 구경하고 있었다.

지금 수한이 이곳 카페에 이유는 캄보디아에서 만난 주지훈 목사를 만나기 위해서다.

그와 이곳 청담동에서 만나기로 한 이유는 수한이 캄보디아에서 주지훈 목사를 만나 약속을 했던 것을 지키기 위함이다.

탈북자들 돕고 있는 주지훈 목사에게 수한이 속한 단체인 지킴이를 소개하려 하는 것이다.

이 지킴이란 단체는 특별하면서도 또 특별하지 않은 그런 단체다.

지킴이라는 단체의 시작은 호국(護國)이었다.

고려시대 몽고의 침입에 국토가 침탈 되었을 때 처음 나타났다.

누가 주도적으로 나서서 만든 단체가 아니라 그저 나라를 외세로부터 지키기 위해 의병(義兵)을 조직하고 항쟁을 하던 것이 시초가 되어 지킴이란 단체가 만들어진 것이다.

처음에는 지킴이란 이름도 없었다.

그저 지역 의병으로 조직되었다가 세월이 흐르면서 많은 외침에 보다 체계적이고 조직적인 움직임을 보이게 되면서 지킴이란 이름을 가지게 되었다.

고려시대를 지나 조선이 건국되고 또 국제 정세가 변하면서 야만적인 오랑캐들의 침약에 맞서던 것에서 보다 근본적으로 민족정신을 지키는 것으로 계승 발전을 하게 되었다.

이러다 보니 기존 무력만 키우던 것에서 국민을 깨우치게 하고 또 민족정신을 지키기 위해 사회각층에 진출을 하게 되었다.

영역이 커지면서 많은 사람들이 지킴이에 합류를 하였으나, 그 때문에 좋은 점만 있는 것은 아니었다.

세력이 커져 영향력이 늘어나는 것은 좋았지만 그로 인해 회원들 간에 갈등이 발생하기에 이르렀다.

인간이 모이는 곳에 사회가 형성되고 또 사회가 형성이 되면 그 안에 붕당이 발생한다.

서로 같은 뜻을 가지고 있지만 실행하는 단계에서 서로 뜻이 맞지 않는 것이다.

어떤 사람은 목표를 이루기 위해 약간의 손해를 보더라도 급진적으로 나가려 하지만, 또 어떤 사람은 조금 늦더라도 차분하게 안전한 방법을 사용하기를 원하는 사람도 있다.

이렇게 같은 뜻을 품더라도 사람마다 성향이 달라 취하는 방법도 각양각색이다 보니 지킴이도 처음 결성되었을 때와 많은 변화를 겪게 되었다.

조금은 강제적인 성향이 줄어들고 친목연대보다는 강력한 조금은 비정상적인 조직이 된 것이다.

사실 수한의 의붓 할아버지가 된 혜원이 아니었다면 지킴이란 단체는 진즉에 파탄이 났을지도 모른다. 혜원의 노력으로 지금의 형태의 조직이 된 것이다.

급진성향을 가진 이들은 현재 대한민국의 상황을 그리 낙관하지 않고 큰 위기로 생각하고 있다.

그리고 수한도 그런 급진적인 생각을 가진 사람들과 동조하고 있다.

이미 지킴이는 대한민국 사회 전반에 걸쳐 회원을 가지고 있다.

시골 시장 상인에서부터 대기업 회장에까지 그리고 학교 교사에서 종교계 지도자가지 모든 분야에 포진해 있다.

그러다 보니 들어오는 정보도 엄청나다.

수한을 납치하도록 사주했던 일신학원 원장의 배후가 누구이며 또 일신그룹이 어떻게 성장을 했는지 잘 알고 있다.

그리고 일신그룹과 같은 기업들이 어떤 곳인지도 알고 있다.

급진적 성향을 가진 지킴이들은 이런 나라를 좀먹는 기업인이나 사회 저명인사들의 신상을 전 국민에 알리고, 그들을 밑바닥으로 끌어내려야 한다고 생각을 하면서도, 또 다른 생각을 가진 지킴이들은 그렇게 한다면 대한민국이 혼란에 빠져 자칫 국운이 흔들릴 수 있다 주장하며 막고 있다.

수한도 그런 그들의 생각이 결코 틀린 것이 아니기에 아직까지 자신의 생각을 주장하고 있지는 않았다.

아무튼 지금 수한이 이곳 카페에 나온 것은 이런 지킴이 회원 중 주지훈 목사처럼 탈북자나 소외된 불우이웃을 도와주는 곳이 있어 주지훈 목사를 연결시켜 주기 위해 나온 것이다.

한빛이란 이름의 봉사단체의 이사장을 소개해 주기로 하고 자리에 나왔다.

약속 시간은 오후 6시로, 시간까지 20분이 남아 있었다.

"내가 좀 늦었네."

"아닙니다. 제가 시간이 좀 남아 일찍 나온 것입니다. 아직 시간까지 좀 남았습니다."

수한이 창밖을 보고 있을 때 주지훈 목사가 다가오며 사과를 하였고, 수한은 그런 그에게 괜찮다 해 주었다.

"차는 무엇으로 하시겠습니까?

수한은 주지훈 목사에게 차를 권했다.

그런 수한의 물음에 주지훈 목사는 미소를 지으며 대답을 하였다.

"녹차로 하지."

"수한아, 나도 녹차로 부탁한다."

언제 왔는지 수한의 테이블 옆에 오늘 만나기로 한 한빛의 이사장인 김유빈이 와서 주문을 하였다.

그런 유빈의 말에 수한은 얼른 인사를 했다.

"이모님 어서 오세요."

"그래, 반갑다. 그런데 너 일주일 만에 연락한 거, 잘했어, 잘못했어?"

유빈은 수한의 양모인 최성희와 대학 동창이며 친한 친구였다.

사실 최성희가 현운사를 알게 된 것도 따지고 보면 다 유빈 때문이었다.

조상 대대로 지킴이 회원이었던 김유빈은 현운사와 주지인 혜원을 잘 알고 있었다.

현운사 주변 주민들의 생활도 잘 알고 있었기에 과대였던 김유빈이 농활 장소를 현운사 근방으로 잡았고, 숙소를 현운사로 정했다.

그래서 최성희도 도심과 떨어져 인적의 왕래가 적은 현운사에 도피를 하면 들킬 확률이 적다 생각하고 그곳으로 도망쳤던 것이다.

아무튼 개인적으로 이모와 조카 관계를 가지고 있는 수한과 유빈이었으니 대화도 자연스러웠다.

비록 중간에 주지훈 목사가 있기는 했지만 아무런 거리낌이 없었다.

"그래 무슨 일로 내게 도움을 청한 것이냐?"

"그게 일단 여기 이분은 주지훈 목사님이세요. 목사님! 이

분은 제가 말씀 드린 자원봉사단 한빛의 이사장이신 김유빈 이사장님이세요."

수한이 소개를 하자 김유빈과 주지훈 목사는 서로 마주 보며 인사를 하였다.

"주지훈이라고 합니다. 캄보디아에서 선교활동을 하고 있는 목사입니다."

"안녕하십니까? 김유빈이라고 합니다."

서로 연배도 비슷한 두 사람이기에 조금 낯간지러운 것도 있지만 일단 업무적으로 만났기에 반갑게 인사를 주고받았다.

그런데 두 사람이 하는 모습을 본 수한의 머릿속에 짓궂은 생각이 들었다.

"아니, 두 분 뭐하세요? 지금 선보러 나오셨어요?"

수한은 그저 언제나 자신을 놀리는 이모 김유빈을 놀리기 위해 한 말이었는데, 수한의 말을 들은 두 사람은 수한의 말에 얼굴이 붉어졌다.

그런 두 사람의 반응에 수한도 순간 당황했다.

'뭐지? 지금 분위기는……'

사실 주지훈 목사나 김유빈은 현재 혼자였다.

주지훈 목사야 한 번 결혼한 경험이 있었지만, 서로 성격이 맞지 않아 이혼을 하고 혼자 된 지 오래되었다.

그에 반해 김유빈은 자신의 꿈이었던 남을 돕는 이 일을 하느라 결혼할 시기를 놓치고 지금에 이르렀다.

물론 결혼할 뻔한 적도 있기는 했다.

자원봉사 단체에서 만난 남자와 장래를 약속하고 함께했는데, 어느 순간 그 사람이 자신과 생각이 다르단 것을 알게 된 뒤로 자연스럽게 멀어졌다.

김유빈과 다르게 남자는 자원봉사를 자신의 입신양명의 수단으로 여겼던 것이다.

남을 위해 봉사가 아니라 자신의 출세하기 위한 발판으로 생각하고 겉으로만 봉사를 했던 사람이었다.

아무튼 이렇게 현재 혼자인 두 사람은 마나자마자 서로에게 호감을 가지게 되었다.

말하는 것이나 풍기는 이미지가 자신과 비슷한 사람이란 것을 느낀 것이다.

그런 상태에서 수한이 두 사람에게 맞선 이야기를 하자 더욱 서로를 인식하게 되고 말았다.

정말로 지금 자리가 맞선 자리마냥 가슴이 두근거렸던 것이다.

수한은 자신의 말 때문에 두 사람이 어떤 상태인지 알 수는 없지만 분위기가 좋은 것만은 알 수 있었다.

"이모, 여기 목사님은 캄보디아에서 탈북자를 돕는 일을 하고 계세요."

"어머! 그래? 좋은 일을 하시고 계시네요."

"아닙니다. 당연히 해야 할 일입니다."

김유빈과 주지훈은 뭐가 그리 좋은지 서로를 치하하며 이야기를 주고받았다.

"이모, 그런데 탈북자를 돕기 위해선 돈이 많이 들어가더라고요."

"그래?"

"예, 탈북자 한명을 무사히 데려오기 위해선 1,500만 원 정도가 들어가요. 그중 1,300만 원은 브로커에게 줘야하고, 남은 돈으로 탈북자들이 무사히 지낼 안가를 유지하는 비용으로 들어가요. 그런데 요즘 탈북자들을 안전하게 북한을 탈출시킬 길이 좁아져 비용은 날로 늘어나고 있어요."

수한은 지금 주지훈 목사가 이곳에 왜 왔으며, 자신이 김유빈을 부른 이유를 설명했다.

김유빈도 봉사단체의 이사장을 하다 보니 많은 것을 듣고 있었다.

날로 심각해지는 식량난에 북한을 탈출하는 북한 사람들이 늘어나고 있다는 뉴스와, 또 그런 탈북자를 잡기 위해 북한이 보위부 인원은 물론, 특수부대원들까지 동원하고 있다는 내용.

그리고 탈북자들이 북한으로 호송이 되면 어떻게 된다는 비인간적인 내용까지 들어 알고 있었다.

한해에도 몇 천 명이 북한을 탈출하고 있지만 무사히 자유를 얻는 탈북자는 드물었다.

그도 그럴 것이 국경을 경비하던 경비대가 북한 특수부대원으로 교체가 되고 또 그들에게 직결 처형권이 부여되어 북한을 탈출하다 걸리면 그 자리에서 사형이 되었다.

뿐만 아니라 그들을 피해 중국이나 러시아로 넘어갔다고 해서 끝나는 것이 아니었다.

북한은 중국과 러시아에 탈북자에 대한 현상금을 걸었다.

탈북자 1명당 현상금을 걸어 두었기에 만약 탈북자를 돕는 사람이 없거나 있더라도 보상금이 북한이 건 현상금보다 적을 때는 가차 없이 북한 대사관에 넘겨 버렸다.

이러다 보니 탈북자를 돕는 인권단체가 소요하는 비용이 급격히 늘어나게 되었다.

예전에는 지금 지불하는 비용으로 2~3명을 더 데려올 수 있었지만, 지금은 소요 비용이 늘어나 탈북지원 단체들의 재정적으로 어려워졌다.

특히 중국을 통한 루트는 중국 당국의 비협조로 꽉 막힌 상태라 더욱 비용이 늘어났다.

수한의 이야기가 계속될수록 수한이 자신을 부른 이유에 대해 알게 된 김유빈은 긍정적으로 이 일을 생각하게 되었다.

비록 전문적으로 북한을 탈출하는 이들을 지원하는 단체는 아니지만 탈북자를 후원하고 있기도 했기에 충분히 예산을 편성할 수 있을 것 같았다.

"네 말은 잘 들었다. 나도 긍정적으로 이 문제를 검토해 볼 테니……."

"감사합니다."

유빈의 말이 떨어지기 무섭게 옆에서 듣고 있던 주지훈 목사는 감사의 인사를 하였다.

그런 주지훈의 말에 김유빈은 더욱 얼굴이 붉어졌다.

정말이지 두 사람 사이에 뭔가 있는 것은 아닌지 의심이 들 정도였다.

수한은 정말로 김유빈의 부끄러워하는 듯한 모습에 고개를 갸웃거렸다.

솔직히 놀리려고 한 자신의 말에 반응을 하는 두 사람의 모습을 보며 이해가 가지 않았다.

이제 겨우 처음 본 사람들이 마치 내외를 하듯 얼굴을 붉히는 모습이 쉽게 이해가 가는 것은 아니었다.

마도사이다 보니 감성보다는 이성적으로 상황을 판단하는

경향이 있었다.

물론 환생을 하여 가족의 사랑을 받았고, 또 납치가 되어 가족과 떨어져 있을 때는 양모인 최성희와 의붓 할아버지인 혜원의 관심과 사랑을 받았기에 전생에서 보다는 사고가 많이 유연해졌으나 아직도 그런 경향이 사라진 것은 아니다.

수한은 비록 나이가 20살이라고 하나, 그의 정신은 전생과 현생을 합쳐 장장 90년의 생을 살아오지 않았는가? 그렇다 보니 아직도 사고적인 면에서 나이에 비해 무척이나 노숙했다.

"캄보디아를 통해 탈북자를 돕는 루트는 1년에……. 저를 도와주시는 분들이 있기는 하지만 그분들도 사정이 있기에 제가 탈북자를 위해 쓸 수 있는 예산은 한계가 있습니다. 이사장님께서 도와주신다면 보다 많은 북한을 탈출해 불안에 떨고 있는 탈북자들이 자유를 누릴 수 있을 것입니다."

이런 저선 생각을 하고 있을 때 주지훈 목사와 김유빈 이사장은 보다 심도 깊이 탈북자에 대한 이야기를 하였다.

수한은 그런 두 사람의 이야기를 듣고 있으면서 속으로 생각을 했다.

비록 자신의 복수도 중요하고 또 나라를 좀먹는 배덕자(背

德者)를 징치하는 일도 중요하지만 생명의 위협을 받으며 하루하루를 보내는 탈북자들을 돕는 일이 우선이란 생각이 들었다.

그리고 그 일을 하기 위해선 많은 돈이 필요하다는 것도 알게 되었다.

2.
사촌의 사정

루나는 같은 그룹 리더인 수정이 외출을 한다는 말에 무턱대고 따라 나왔다.

사실 그녀가 속한 그룹은 스케줄이 끝나면 좀처럼 외출을 하지 않았다.

스케줄이 끝나면 언니들이 모두 숙소에 있거나 매니저를 따라서 회사에 가 연습을 한다.

그러다 보니 루나는 가끔 일탈을 꿈꾸지만 그럴 수가 없었다.

위치가 그룹 내 막내니 자기주장을 강하게 어필을 할 수가 없었다.

그런데 오늘은 무슨 일인지 리더인 수정이 스케줄이 끝났는데 메이크업을 지우지 않고 있던 것이었다.

눈치가 빠른 루나는 수정이 외출을 하려는 것을 눈치채고 기회를 엿봤다.

분명 매니저인 최한나가 혼자 내보내지 않을 것이란 사실을 알고 있었기 때문이다.

수정은 그룹 내 리더이기도 하지만 자신이 속한 기획사의 모기업인 천하그룹의 오너 가족.

괜히 날파리가 꼬일 수 있어 외출을 할 때면 매니저가 동행을 해야만 했다.

그런데 오늘은 회사에 일이 있기에 따로 매니저를 붙일 수 없었다.

그 때문에 한참을 최하나 실장과 수정이 실랑이를 하는 것을 지켜보게 되었다.

그러다 수정의 입에서 동생을 만나러 간다는 말을 듣게 되었다.

자신이 알기로는 수정에게 동생이 없다고 알고 있는데, 동생이란 말을 하자 실장님도 외출을 허락하는 것이 아닌가.

수정이 만난다는 동생의 정체가 궁금하기도 하고, 외출도 하고 싶은 마음에 기회는 이때다 싶어 나섰다.

그런 루나의 행동에 조금 어이없다는 표정을 짓기는 했지만 최한나 실장은 어쩔 수 없이 허락을 할 수 밖에 없었다.

자신과 로드매니저는 일이 있어 다른 멤버들을 숙소에 데려다주고 회사로 들어야 하기에 어쩔 수 없이 허락했다.

카페에 들어설 때까지도 사실 루나는 수정이 만나려는 동생에 대한 궁금증은 그리 크지 못했다.

루나에게는 오랜만에 매니저와 함께 외출이 아닌 비록 그룹 리더인 수정과 함께하는 것이지만 일단 스케줄 외적으로 외출을 했다는 것에 기분이 좋았다.

그렇게 들뜬 마음에 수정의 뒤를 따라 카페로 들어왔다.

그러다 카페 구석에 혼자 자리에 앉아 사색에 잠겨 있는 남자의 얼굴을 보고 한눈에 반해 버렸다.

언뜻 봐도 헌칠한 키에 잘생긴 외모에 사색에 잠겨 있는 모습은 무척이나 지적으로 보였다.

루나는 방송에서도 자신의 이상형은 잘생기고 지적인 남자라고 떠들고 다닐 정도로 이상형에 대하여 확고한 기준이 있었다.

아무리 잘생겼어도 자신의 기준에 맞지 않은 남자와는 대화도 잘하지 않았다.

사실 방송을 하다 보면 참 잘생기고 키가 큰 남자들은 많이 볼 수 있었다.

하지만 지적인 모습을 보이는 남자는 그리 많지 않았다.

그런 삼박자를 모두 갖춘 남자들은 모두 나이 차이가 많이

나거나 유부남들이었다.

사실 20대에 지적으로 보이기는 무척이나 힘든 것이 사실이지 않은가. 그리고 그런 사람들이 결혼 적령기에 미혼이라면 벌써 다른 여자들이 채 갔다.

그러다 보니 루나의 이상형은 방송국에서 찾아보기 무척이나 어려웠다.

그런데 지금 수정을 따라 카페에 왔는데 그곳에서 자신의 이상형을 본 것이다.

더욱이 연예계에 데뷔를 한다면 바로 대한민국 최고 스타인 왕빈이나 형빈을 능가하는 대표 미남으로 불릴 정도로 대단한 미남자였다.

그런데 뭔가 이상하다. 수정의 뒤를 따라가던 루나는 수정이 자신이 한눈에 반한 남자의 곁으로 다가가는 것이 아닌가?

"언니 아는 사람이에요?"

생각에 잠겨 있는 이상형의 남자를 방해하지 않기 위해 무척이나 작은 목소리로 물어보았다.

"응, 오늘 만나기로 한 내 동생이야."

루나는 수정의 말에 깜짝 놀랐다.

'아니, 이 언니가…… 내 이상형이 어떤지 잘 알고 있으면서 이런 킹카를 나한테 소개시켜 주지 않고 있었다니!'

문득 수정에 대한 원망이 가슴 깊은 곳에서 피어올랐다.

하지만 그것도 잠시 수정이 한 말 중 동생이란 그 말 속에 깊은 애정이 묻어나는 것을 알 수 있었다.

비록 나이는 어리지만 방송가에 생활을 하다 보니 눈치가 빠른 루나였다.

분명 깊은 애정이 깃들긴 했지만 그건 이성 간의 그런 애정이 아니라 가족에 대한 그런 사랑이 깃들어 있었다.

"언니 정말로 동생이 있던 거야? 언니 무남독녀라 하지 않았어?"

루나는 자신이 알고 있는 수정에 대한 가족관계를 떠올리며 작게 물어봤다.

그런 루나의 물음에 수정은 작게 코를 찡긋 하더니 그간의 사정에 대하여 설명을 해 주었다.

약속을 한 동생은 아직 자신이 왔는지도 모르고 무엇을 그리 고민하는지 사색에 빠져 헤어나지 않고 있었기 때문이다.

수한이 혼자만의 생각에서 깨어나길 기다리며 수정은 자신에게 질문을 한 루나에게 이야기를 들려주었다.

그리고 모든 이야기가 끝났을 때는 루나의 표정이 무척이나 밝았다.

무엇 때문에 루나의 표정이 밝은지 알 수는 없었지만 계속 기다리는 것은 아니란 생각이 들어 일단 수한을 깨우기로 했다.

"무슨 고민이라도 있니?"

웬만하면 생각이 끝날 때까지 기다려 주고 싶었지만, 오늘은 자신 혼자 이곳에 온 것이 아니라 같은 그룹의 막내와 함께 나왔다.

자신보다 2살 어린 동생이지만 자신의 동생인 수한보단 2살 많은 누나였다.

사실 혼자 몰래 나오고 싶었으나, 매니저인 최한나의 강요에 어쩔 수 없이 그룹 막내인 루나를 데려온 것이다.

"어? 누나 언제 왔어?"

수한은 조금 전 주지훈 목사와 상의했던 문제를 생각해 보던 중이라 시간이 이렇게 흘렀는지 인식하지 못했다.

약속 시간이 이렇게 흘렀는지 깨닫지 못했던 수한은 얼른 누나에게 사과를 하였다.

그런데 사과를 하던 중 누나의 옆에 또 다른 사람이 있다는 것을 깨닫고 눈을 깜빡였다.

'어? 누구지?'

언뜻 봐서는 매니저 같지는 않았다.

외모가 자신의 누나인 수정 못지않게 무척이나 아름다운 여인이었기 때문이다.

수정이 고양이 상에 도도한 여신과 같은 미모를 지니고 있다면, 함께 나온 여성은 약간 귀여운 그러면서도 호기심 많은 아기 고양이 같은 인상을 풍기는 미녀였다.

"응, 여긴 누나가 있는 그룹의 막내 루나라고 해. 루나야, 여긴 내 동생 정수한."

수정의 소개가 있자 수한은 얼른 자리에서 일어나 자신의 소개를 하였다.

"안녕하세요, 정수한이라고 합니다."

"안녕하세요, 정수정이라고 합니다."

"정수정이요?"

루나가 자신의 예명이 아닌 본명을 말하자 그 말을 들은 수한이 눈이 커지며 자신의 누나인 수정을 돌아보았다.

그도 그럴 것이 루나의 본명이 자신의 누나인 수정과 이름이 같았기 때문이다.

아니 이름도 성도 같아 놀란 것이다.

그런 수한의 모습에 말을 했던 루나는 수한이 무슨 생각을 하는 것인지 알고 미소를 지었다.

그리고 그건 수정도 마찬가지였다.

"그래, 네가 생각하는 게 맞아. 나하고 이름이 같아서 헛갈리지 않게 하기 위해 나는 이름처럼 크리스탈이란 예명을 지었고, 루나도 그렇게 예명을 사용하는 거야."

"아!"

수한은 수정의 설명을 듣고 그제야 이해할 수 있었다.

"루나가 너보다 2살 많으니 앞으로 나한테 하듯 잘 지내. 루나도 수한이 보면 친동생처럼 잘해 주고."

"알았어, 누나. 루나 누나, 앞으로 잘 부탁해요."

"으응, 그래. 잘 지내자."

루나는 수한이 자신을 누나라 부르며 잘 부탁한다는 말에 울지도 웃지도 못할 상태가 되고 말았다.

하지만 웃으며 자신에게 손을 내미는 수한의 손을 잡으며 말을 하였다.

'하필 이상형이 연하라니…….'

루나는 정말로 울고 싶었다.

정말 처음으로 한눈에 반한 이상형의 남자가 자신이 알고 있는 사람의 동생이고, 또 자신보다 두 살이나 어린 남자라는 것을 알고 좌절했다.

솔직히 나이가 어린 것은 뭐 장애가 되지 않았지만, 그 연하의 남자가 자신이 알고 있는 지인의 동생이란 것이 함부로 손을 내밀지 못하게 억제를 하였다.

수정의 동생이란 것까지는 좋았는데, 연하라는 것에서 막혀 버렸다.

동갑만 되었어도 수정에게 떼를 써서라도 연결해 달라고 부탁을 했을 것인데, 왜 하필 연하란 말인가.

루나는 그만 좌절하고 말았다.

하지만 그런 루나의 심정을 아는지 모르는지 수정과 수한은 루나에게서 관심을 끊고 이야기를 시작했다.

"그래, 무슨 일인데 날 보자고 한 거야?"

"응, 다름이 아니라, 이번에 엄마, 아빠 보러 캄보디아에 갔다가 일이 좀 있었는데……."

수한은 누나의 질문에 오늘 만나기로 약속을 잡은 이유에 대하여 차근차근 설명을 하기 시작했다.

캄보디아에서 탈북자를 만나고 또 그들을 돕는 주지훈 목사의 이야기를 들었을 때는 감탄을 하였다.

그리고 국경수비대에 걸려 탈북자 중 일부가 그들에게 억류되었다고 했을 때는 무척이나 안타까운 표정을 짓기도 했다.

"내가 배운 것이 있어서 그들을 구출해 줄 수는 있었어. 그런데 앞으로 탈북자를 돕기 위해선 돈이 많이 들어갈 것 같아. 그래서 생각해 낸 게 내가 미국에서 공부했던 걸 일부 활용해 그 비용을 조금이라도 보태고 싶은데 그 시작을 어떻게 해야 할지 모르겠어서……. 누나를 만나 이야기를 해 보면 방도가 있지 않을까, 해서 만나자고 한 거야."

수한은 자신이 수정을 만나자고 한 이유에 대하여 설명했다.

정말로 수한은 탈북자들을 돕고 싶었다.

전생의 기억을 가지고 있는 수한으로서는 같은 민족이면서 분단되어 있는 현생의 조국이 답답했다. 또 미국에서 공부를 하면서 한국 소식을 접했을 때 북한이나 자신이 태어난 대한민국이나 거기서 거기였다.

말로는 같은 민족이니 도와야 한다면서 정작 그 말을 떠드는 자들은 그들을 돕기 위해 그 어떤 행동도 취하지 않고 있었다.

아니, 탈북자들만 돕지 않는 것이 아니라 자국민도 돕지 않고 자신의 사리사욕만 취하는 이들이 대부분이었다.

이런 모습을 외부에서 지켜볼 때마다 수한은 왠지 외국의 동문들이 자신을 측은하게 쳐다보는 듯 느껴졌었다.

그 때문이었는지 모르겠지만 수한은 대학에서 억척같이 공부를 하고 또 논문을 작성했다.

뛰어난 머리를 가지고 있으니 학과 공부는 무척이나 쉬웠다.

더욱이 전생에 없던 새로운 것들을 접하다 보니 마법의 깨달음도 더욱 깊어져 금방 전생의 경지에 들어서게 되었다.

"어쩌지 나도 모아 놓은 게 별로 없어서 네가 하려는 것을 도와주기에는 턱없이 부족할 텐데……."

수정은 수한의 이야기를 듣고 수한이 하려는 일이 얼마나 훌륭한 것인지 깨달았다.

하지만 자신이 비록 대한민국을 대표하는 아이돌 그룹의 리더라고 하지만 그동안 모아 놓은 돈은 얼마 되지 않았다.

자신이 대그룹 오너의 직계라고 하나 아직 할아버지도 정정하고 유산을 받으려면 아직도 한참이나 멀었다.

자신의 통장에 몇 억이 있기는 하지만 그건 수한이 하려는 일을 생각하면 새발의 피였다.

수정의 대답을 들은 수한의 표정이 굳어졌다.

사실 수한도 수정에게 많은 기대를 한 것은 아니었다.

그리고 수한 자신이 속한 지킴이에 이야기하면 어느 정도 자금을 확보할 수도 있을지 모른다.

하지만 수한은 그렇게 하지 않았다.

괜히 그들에게 부담을 주기 싫었기 때문이다.

아무리 좋은 뜻으로 모인 단체라고 하지만 공과 사는 구분해야 하지 않겠는가.

그런 부탁은 가족이나 수정에게 할 수 있었지만, 그들에게 부탁하는 건 아니었다.

수한이 지킴이에 도움을 청하는 것은 주지훈 목사를 한빛에 소개하는 것으로 충분했다.

더 이상은 민폐였다. 비록 자신이 지킴이의 회장인 혜원의 손자라고 하지만 그것과는 별개로 해야 하는 문제다.

알고 있는 것은 많은데, 그것을 가지고 돈을 만들어 내지 못하는 참으로 답답했다.

수한은 전생에 자신이 마도사로 깨달음을 얻기까지 연구했던 생명마법에 관한 것은 물론이고 현생에서 그와 비슷한 생명공학을 공부해 더욱 깊은 깨달음을 얻었다.

잘만 활용하면 이케아 대륙에 있던 포션에는 못 미치지만 그와 비슷한 약품을 현생에서도 만들 수 있었다.

이케아 대륙에는 트롤이란 재생력이 강력한 몬스터가 있지만 이곳 지구에는 그런 몬스터가 없었다.

하지만 트롤과 비교할 수는 없으나 지구에도 자가 치유력이 뛰어난 생물들이 꽤 있었다.

그것을 조금만 더 연구를 하면 충분히 지금 나와 있는 그 어떤 외상 치료제보다 좋은 제품을 만들 수 있을 것이다.

수한이 이것을 연구해 미국에서 생명공학 박사 학위를 취득했다.

뿐만 아니라 그 외에도 현생에서 관심을 가지게 된 분야에 대한 학위를 취득하기도 했다.

자신의 말에 수한의 표정이 좋지 못하자 수정의 표정도 좋지 못했다.

그렇게 잠시 자리에는 침묵이 흘렀다.

수한과 수정의 대화를 들으며 루나 또한 자신이 끼어들 자리가 아니란 생각에 조용히 있어 더욱 조용했다.

주변의 소음과는 별개로 수한이 있는 자리만은 그렇게 침묵에 휩싸였다.

하지만 그런 침묵이 답답했는지 수정이 고개를 들고 소리쳤다.

"아!"

"무슨 좋은 생각이라도 났어?"

수정의 감탄사에 뭔가 긍정의 향이 풍겼기에 수한은 자신도 모르게 그렇게 소리쳤다.

그런 수한의 모습에 수정이 대답했다.

"응, 난 가지고 있는 것이 얼마 없어 크게 도와주진 못하지만 오빠들은 회사에서 일을 한지 오래되었으니 널 도와줄 수 있을 거야!"

"오빠? 누구?"

"아, 전에 가족 모임에서 봤잖아! 수종 오빠하고 수현 오빠!"

수한은 수정의 설명에 그때서야 수정이 오빠라 부른 사람들의 정체를 알 수 있었다.

자신의 사촌형인 두 사람이 머릿속에 떠올리고 있을 때 다시 한 번 수정의 말이 들려왔다.

"아, 수현 오빠는 안 되겠다."

"그건 무슨 말이야? 그 형은 왜 안 되는데?"

수한은 수정이 한 말의 이유를 물었다.

그러자 수정은 수현은 안 되는 이유를 설명했다.

"그게 요즘 수현 오빠 사정이 좋지 못하거든."

"사정이 좋지 못하다고? 어떤 사정이 있는데?"

"그게……."

수정은 현재 사촌인 수현의 사정에 대하여 설명을 해 주었다.

현재 수현이 후계 수업을 받고 있는 회사의 사정이 무척이나 좋지 못했다.

북한과의 관계가 악화되면서 군 장비에 대한 국정감사가 무척이나 타이트하게 이루어지고 있는 과정에서 일부 품목에서 불법이 드러난 것이다.

물론 수현이 있던 기업에서 납품한 물자는 이상이 없이 통과를 하였다.

하지만 수현의 주도로 수입해 군에 납품한 장비에서 결함이 뒤늦게 발견이 된 것이다.

그 때문에 현재 수현은 안팎으로 시달리고 있었다.

외부에서는 회사가 부도덕하게 불량품을 수입해 국방예산을 낭비했다는 비난을 하였고, 또 회사 내에서는 그 사업을 주도했던 수현에게 그 책임을 묻고 있었기 때문이다.

수현은 간부들이 말을 하지 않지만 자신을 비난하고 있음을 너무도 잘 알고 있었다.

다만 수현이 오너 일가로 후계 수업을 하고 있는 것을 간부들이 알고 있기에 드러내 놓고 비난하지 않을 뿐이란 사실을 말이다.

수한은 수정의 이야기를 들으며 고심에 빠졌다.

분명 가족 모임에서 그들이 회사에서 어떤 직책에 있으며 어떤 일을 하고 있는지 들었다.

그리고 모임이 끝나고 수한은 집에 돌아와 그들에 대한 자료도 따로 조사를 해 읽어 보았다.

분명 그런 정보가 있었다.

사촌형인 수현에 대한 생각을 하다 뭔가 머릿속을 번쩍하고 지나가는 것이 있었다.

"아!"

수한은 자신도 모르게 감탄사를 터뜨렸다.

"무슨 일이야?"

수한의 감탄사에 수정은 무슨 일인지 물었다.

조금 전까지만 해도 죽어 가던 표정이더니 무슨 일인지 표정이 밝아지자 수정도 궁금해져 물은 것이다.

"아, 잘하면 수현 형도 좀 돕고 또 내가 하려는 일의 자금을 마련할 수도 있을 것 같은 생각이 나서……."

"그래? 뭔데? 뭔데?"

수한이 곤궁에 빠진 사촌도 돕고 또 자신이 하려는 일의 자본금을 마련할 길이 있다는 말에 궁금해진 것이다.

그런 수정의 모습에 수한은 어이가 없었다.

이제는 20대 중반에 들어가는 수정이 마치 어린아이마냥 동그랗게 눈을 뜨고 물어오는 모습에 그만 실소를 하고 말았다.

"누나, 체통을 지켜! 누난 대한민국을 대표하는 아이돌그룹 리더잖아?"

"그래. 언니, 창피해요."

수한의 말에 그동안 조용히 수한과 수정의 대화를 말없이 듣고만 있던 루나가 수한의 말을 받았다.

그런 두 사람의 말에 수정은 얼른 자세를 바로 하였다.

아닌 게 아니라 자신들을 보는 주변의 시선이 느껴진 때문이다.

천하 디펜스, 천하그룹이 거느린 계열사 중 방위산업을 하는 계열사였다.

원래 천하그룹에는 방위산업체가 여러 개였으나 다년간 계속된 경영악화로 이를 통폐합했다.

사실 전 세계적으로 방위산업은 사향산업으로 들어섰다.

최고의 몇 개 회사 빼고는 만성적인 적자를 면치 못해 도산을 하거나 다른 업체에 M&A를 당하였다.

천하그룹 또한 천하 디펜스, 천하 금속, 천하 화학 등 방위산업과 관련된 업체만 다섯 곳이나 되었다.

하지만 천하그룹도 세계적인 흐름을 거역할 수는 없었다.

더욱이 일신그룹과 척을 지면서 보이지 않게 계속되는 그들의 방해로 더욱 어려워지자 천하그룹도 더 이상 버티지 못하고 사업을 축소하거나 관련 업무를 통폐합 할 수밖에 없었다.

가장 큰 천하 디펜스에 천하 금속과 레이더 설비를 개발 생산하던 천하 에코 그리고 폭약을 만들던 천하 화학의 일부 공정을 천하 디펜스로 통합하였다.

이렇게 통폐합되는 과정에서 구조조정으로 많은 직원과 임원들이 회사를 그만두게 되었지만, 나중에 사업이 정상화 되면 우선적으로 취업을 할 수 있게 해 주겠다는 조건으로 희망 퇴직을 받았기에 별다른 잡음은 없었다.

다른 기업들은 기업을 살린다는 명목으로 말로는 명예퇴직이란 그럴싸한 이름을 붙여 직원들을 강제로 퇴사를 시켰지만 천하그룹은 그렇지 않았다.

오랜 기간 함께 생사고락을 함께한 직원들을 그렇게 퇴직을 시킨다는 것에 고개를 숙이며, 한동안 신입직원을 모집하지 않고 희망자에 한해 퇴직한 계열사 직원을 그룹 차원에서 취업을 시켜 주었다.

그 때문인지 회사를 위해 퇴사를 하였지만 퇴직한 천하그룹 직원들은 회사에 그리 큰 불만을 나타내진 않았다.

자신들도 회사가 정상화 된다면 다시 취업할 수 있다는 희망을 보았기 때문이다.

그런데 지금 천하그룹에 큰 위기가 닥쳤다.

아니, 천하그룹만이 어려운 것은 아니지만 어찌 되었든 천하그룹의 계열사 중 천하 디펜스가 이번 국정감사에서 타깃이 되어 얻어맞고 있었다.

―국방부 국정감사와 육군에 보급된 군 장비에 관한 국방위 감사에서 국방에 큰 구멍이 뚫린 것으로 드러났습니다. 국방위 감사 내용 중에 군이 가지고 있는 미사일 중 일부가 사실상 무용지물인 것으로 밝혀졌습니다. 저희가 입수한 정보에 의하면 총 5,500대 이르는 북한의 전차를 막기 위한 육군이 보유한 대전차무기 중 상당 부분 이미 사용 시한이 지났거나 불량인 것으로 밝혀졌습니다. 특히나 작동을 하는

무기조차도 북한의 전차인 폭풍호와 천마호, 그리고 주력 전차인 선군호의 방어를 뚫을 수 없다고 합니다. 이런 관계로 국방부는 작년 긴급 예산을 책정해 대전차 미사일을 사들였는데, 그 또한 30%가량이 불량으로 밝혀졌습니다. 이 불량 대전차 미사일을 사들인 업체는 국내 굴지의 C그룹 계열사인 C디펜스라는 업체로······.

틱!

일단의 사내들이 모여 TV를 시청하다 모니터를 껐다.

쾅!

TV를 사내들의 표정이 굳어 있었다.

그런데 그중 가장 상석에 앉은 노년의 사내가 앞에 있는 테이블을 힘껏 내려쳤다.

"이게 말이나 되는 소리야! 어떻게 했기에 일이 이 지경이 되도록 모르고 있었던 것이냐!"

"할아버지 그것이······."

"갈! 어디서 할아버지란 말이 나와! 여기가 집이야? 회사와 집을 구분도 못하는 놈!"

이곳은 천하그룹 본사 회의실이었다.

연일 계속되는 국정감사에 나오는 뉴스로 신경이 곤두선 천하그룹 임직원들은 드디어 터질 일이 터졌다는 표정이었다.

모두 굳은 표정으로 숨을 죽이고 있었는데, 뉴스를 본 회장이 화를 내기 시작했다.

뉴스 내용은 딱 봐도 천하그룹 산하 천하디펜스를 타깃으로 한 내용이었다.

솔직히 사업을 추진할 때도 등 떠밀리듯 추진한 사업이라 시작 초기에도 말들이 많았다.

사업 진행을 해 봐야 좋을 것도 없던 그런 사업이었는데, 회장의 둘째 손자가 사업을 추진했기에 어느 누구도 막지 못했다.

경영 수업을 일환으로 사업을 추진한 것인데 이렇게 뉴스에까지 나오게 되자 그룹 회장인 정대한 회장의 귀까지 들어가게 되었다.

사업을 추진한 정수현은 대책 회의에 불려 와 있는 와중 뉴스를 시청하게 되었다.

그리고 방금 뉴스를 본 정대한 회장에게 불호령을 듣게 된 것이다.

그 때문에 정신을 차리지 못하고 이곳이 회사란 것도 망각하고 변명을 하려 하다 실수로 할아버지란 말을 하게 되었다.

이 때문에 더욱 큰 호통을 들어야 했기에 정수현을 지금

공황 상태에 이르렀다.

"회사에서 취급도 하지 않는 품목을 무엇 하려고 억지로 추진해 이따위 구설수에 오르게 만든 것이야!"

정말로 정대한의 마음은 억장이 무너지는 것 같았다.

남들에게 독하다는 소리까지 들어가면서 키워 온 회사였다.

하지만 손자 하나가 그룹의 이미지를 망쳐 놓았다.

그동안 천하그룹과 관련된 회사는 언제나 최고의 물건만 만들어 낸다는 이미지를 심어 놓았다.

그런데 그것이 무너졌다. 더욱이 오늘 국방부에서 공문이 날아왔다.

수입대행을 하면서 리베이트와 불법이 있었는지 조사를 하겠다는 것이다.

이런 공문이 날아왔다는 것은 사실상 자신들을 이번 국정감사의 희생양으로 삼겠다는 말이나 다름없는 일이었다.

업무를 추진하던 천하디펜스와 담당인 정수현만의 문제가 아닌 것이다.

잘못하면 이 일이 천하그룹으로 번질 수도 있는 문제였다.

이번 조사에 뭔가 이상한 일이 있기는 하지만 어찌 되었든 TV까지 이름이 거론이 되어 전 국민적으로 알게 된 사실이기에 희생양이 필요했다.

다른 때 같으면 국정감사 시기만 지나면 흐지부지 될 문제였지만 현재 대한민국의 분위기는 그렇지 못했다.

NB정권 이후 북한과 첨예하게 대립을 하고 있고 또 얼마 전에도 서해에서 해군 함정 간 소규모 교전이 있었다.

북한은 1999년과 2002년 연평도 인근에서 벌어진 교전 이후 수시로 서해상에서 도발을 하고 있었다.

이전에는 남북 간 화해 무드로 대한민국은 북한과 적극적인 교전이 아닌 소극적이고 수동적인 대응만 해 왔다.

그럼에도 북한은 이런 대한민국의 생각을 비웃기라도 하듯 요즘 들어서는 더욱 도발이 빈번해졌다.

이는 서해상에서만 국한된 문제는 아니다.

휴전선 인근에서도 요즘에는 북한의 도발로 인한 총격이 벌어지고 있다.

이러한 때 국방을 지켜야 할 무기가 불량이란 뉴스가 나왔으니 국민이 이를 용납하지 않을 것이다.

그리고 뉴스에서는 천하디펜스에서 납품한 물건이 30%나 불량이라고 했지만, 사실이 아니었다.

이는 과장된 보도였다. 그렇다고 해도 이미 뉴스가 나갔기에 천하그룹으로서는 어떻게 손써 볼 수가 없었다.

누군가의 의도로 생방송 중에 그런 오보가 나간 것이기에 천하그룹이 뒤늦게 방송국에 항의를 한다고 해도 방송국 측에서는 해당 리포터를 경질하고 정정방송을 잠깐 하면 끝이었다.

하지만 그렇게 한다고 해서 천하그룹이 받은 피해는 없어지지 않는다.

이 때문에 정수현은 미치고 환장할 심정이었다.

연일 계속되는 스트레스로 지금 이 자리도 빨리 끝났으면 하는 마음이다.

"네놈이 벌인 일이니, 네가 책임지고 이번 일 마무리해!"

"알겠습니다."

수현은 할아버지의 말에 고개를 숙이며 대답을 했다.

그런 수현의 모습에 정대한은 보기도 싫다는 표정으로 손짓을 했다.

나가 보라는 표시였다. 그런 정대한의 모습에 정수현은 이술을 깨물었다.

할아버지인 정대한은 언제나 저런 표정과 행동을 하였다.

자신이나 사촌인 수종에게 최고만을 강조하고 천하그룹을 대한민국 최고의 그룹으로 만들기를 요구했다.

그런데 얼마 전 보았던 사촌에게는 그렇지 않았다.

작은아버지의 자식들인 수정과 18년 만에 돌아왔다는 사촌동생에게 보내는 할아버지의 눈빛은 그렇지 않았다.

회장실 밖으로 나오면서 문득 그런 생각이 들자 눈빛이 차가워졌다.

괜한 자격지심인지는 모르겠지만 문득 그런 생각이 든 것이다.

따르릉!

할아버지인 정대한에게 혼나고 회사로 돌아가려던 때 전화기가 울린 것이다.

발신자를 보니 사촌인 정수정이었다.

"음!"

발신자 표시를 본 수현은 괜히 짜증이 났다.

하지만 전화를 받지 않을 수도 없기에 잠시 마음을 추스르고 전화를 받았다.

"여보세요."

사회생활을 오래 하다 보니 내면을 감추는 것은 무척이나 쉬웠다.

"그래, 어쩐 일로 대한민국을 빛내는 요정이 내게 전화를 한 거냐?"

자신의 기분을 감추며 아주 친근하게 수정의 전화를 받았다.

그리고 수정이 잠시 만나자는 말을 하자 약속을 잡았다.

"그래, 거기로 가면 되는 거지?"

수현은 뭔가 자신과 거래할 게 있다는 말에 고개를 갸웃거리지 않을 수 없었다.

자신이 하는 업무에 관해선 아무것도 모르는 수정이 자신에게 도움이 될 만한 일이라고 하지 고개를 갸웃거렸다.

어차피 지금 기분으로는 일도 손에 잡힐 것 같지 않아 수정이 말한 약속 장소로 차를 몰았다.

◈　　◈　　◈

딸랑!

문이 열리자 작은 방울 소리가 울렸다.

약속 장소에 도착한 정수현은 카페 문을 열고 안으로 들어서며 자신을 부른 수정의 모습을 찾았다.

사실 수현도 자신의 사촌인 수정에게 살짝 마음이 있었다.

사촌만 아니었다면 어쩌면 친구들이 아닌 그가 수정에게 작업을 걸었을지도 모를 일이었다.

하지만 안타깝게도 수정은 자신과 사촌이었다.

일본이라면 그게 문제가 되지 않겠지만 대한민국은 사촌 간의 결혼은 허락되지 않았다.

괜히 마음이 싱숭생숭해지는 것이지만 수현은 수정이 있는 자리로 향했다.

자신은 수정과 어떻게 되지는 않겠지만 친해져 자신의 친구와 결혼을 하게 된다면 자신이 하는 일에 도움이 될 것이란 계산에 언제나 수정에게 친절을 베풀었다.

"무슨 일로 부른 거야? 전화로 이야기 할 수 없는 일이란 건 또 뭐고?"

수현은 자리에 앉자마자 수정을 향해 자신을 부른 용건을 물었다.

그런 수현의 모습에 수정은 자신이 부른 용건을 수현에게 말했다.

"아, 내가 오빠를 부른 것은 내가 용건이 있어서 그런 게 아니라…… 수한이가 오빠에게 볼일이 있다고 해서……. 수한이는 아직 오빠 연락처를 모르잖아."

수현은 수정의 말에 잠시 인상이 구겨졌다.

하지만 아주 순식간에 벌어진 일이라 음료를 마시던 수정은 그런 수현의 표정을 보지 못했다.

"수한이가? 무슨 일이지? 그런데 수한이는 아직 안 왔나?"

수현은 자신에게 볼일이 있다고 수정에게 대신 약속을 잡게 한 수한이 아직 자리에 없자 조금은 불쾌한 표정으로 물었다.

그런 수현의 모습에 수정은 짐짓 미안한 표정으로 대답을 했다.

"오빠 그런 거 아냐. 수한이는 잠시 누구 배웅 좀 하느라 나간 거야. 조금 전까지 나랑 함께 있었는데……."

수정은 수현이 불쾌해하는 모습을 보고 변명을 했다.

조금 전까지 자신과 함께 나온 루나를 숙소로 데려다주기 위해 현재 자리를 떠났기에 수현이 오해를 하고 있었기 때문이다.

"오빠 내가 속한 그룹에 루나라고 알지?"

"루나? 그래, 알지."

"오늘 내가 수한이 만나러 나오는데, 한나 언니가 못 나가게 하잖아. 그래서 루나를 함께 데리고 나왔었거든. 그런데 시간이 너무 늦어 수한이 보고 데려다주라고 했어."

수정이 속한 그룹은 이미 활동한 지 5년이나 된 그룹이다 보니 숙소에서 생활하든 아니면 따로 집을 장만해 활동을 하든 간섭하지 않고 있었다.

그래서 다른 멤버들과 다르게 수정은 자신의 집에서 생활을 하고 있었다.

그도 그럴 것이 다른 멤버들과 다르게 수정의 집은 서울에 소재해 있고 회사와도 가까워 데리고 가는 데 어려움이 없었기 때문이다.

하지만 다른 멤버들의 집은 모두 지방에 있어 따로 집을 구해 나가지 않는 이상 숙소에 있는 것이 편했다.

대한민국을 대표하는 그룹이다 보니 이들을 찾는 곳이 많아 따로 집을 얻어 생활하기보단 함께 생활하는 게 조금이라도 쉬는 시간을 확보할 수 있었다. 그렇기 때문에 돈이 있으면서도 회사에서 지급하는 숙소에서 생활하고 있는 것이다.

　"곧 올 시간 되었어!"

　수현은 수정의 변명에 고개를 끄덕였다.

　그도 수정이 말한 루나에 관해 알고 있었기 때문이다.

　수정의 말이 끝나기 무섭게 현관에서 방울 소리가 들렸다.

　딸랑!

　수한은 누나의 부탁으로 오늘 알게 된 루나를 그녀의 숙소까지 데려다주게 되었다.

　처음 만난 사이지만 적극적으로 자신의 말에 호응을 하는 그녀로 인해 수한은 그녀가 자신에게 호감이 있음을 알 수 있었다.

　"누나, 도착했어요."

　"응, 벌써 도착한 거야?"

　"네, 오늘 즐거웠어요."

　수한은 루나에게 인사를 하였다.

루나는 수한의 말에 무척이나 안타까웠다.

차를 타고 오면서 별말은 하지 않았지만 이미 카페에서 첫눈에 반해 버렸기 때문에 조금이라도 수한과 함께 있고 싶었다.

하지만 수한이 조금 뒤 사촌과 사업적으로 이야기 할 게 있다는 사실을 알고 있기에 아쉬운 마음을 뒤로하고 차에서 내렸다.

"우리 다음에 또 볼 수 있을까?"

루나는 차에서 내리면서 작은 용기를 내며 그렇게 물었다.

그런 루나의 모습에 수한은 눈을 동그랗게 떴다.

느닷없는 그녀의 말에 수한은 자신도 모르게 심장이 뛰었다.

두근!

무엇 때문인지는 모르겠지만 괜히 가슴이 두근거린 것을 느끼며 루나의 두 눈을 쳐다보게 되었다.

그런 수한의 모습에 루나는 당황하며 두 볼이 빨갛게 달아올랐다.

"나 이만 가 볼게!"

루나는 자신보다 어린 수한에게 먼저 다음 만남을 신청한 게 무척이나 창피해 자리에 있을 수가 없었다.

그런 루나의 모습에 수한은 자신도 모르게 미소를 지었다.

"좋아요! 그럼 시간 되면 다음에 또 봬요!"

수한은 뛰어가는 루나의 뒤에 대고 그렇게 소리쳤다.

너무도 창피해 뛰어가던 루나는 뒤에서 들린 수한의 목소리에 그만 자리에 멈췄다.

그리고 뒤를 돌아 수한의 차를 향해 고개를 끄덕였다.

그런 루나의 모습이 무척이나 귀엽게 느껴진 수한이었다.

창을 통해 루나에게 손을 흔들어 준 수한은 차를 돌려 조금 전 떠나온 그 카페로 다시 돌아갔다.

수한의 차가 단지를 떠나가는 것을 지켜보던 루나는 가슴이 너무도 두근거려 참을 수가 없었다.

차에서 내리면서 이대로 수한을 보내면 다시 볼 수 없을지도 모른다는 생각에 지르고 본 것인데, 정신을 차리니 너무도 창피했었다.

그래서 무작정 자리를 피하고 싶어 뛰었는데, 뒤에서 들려온 수한의 말이 정말이지 너무도 기뻤다.

비록 수한이 자신처럼 반해서 한 것인지는 모르겠지만 일단 자신이 반한 상대가 다시 자신을 보자고 했으니 그것만으로도 행복했다.

행복에 들뜬 루나는 그렇게 발걸음도 가볍게 숙소로 행했다.

하지만 그런 그녀를 지켜보는 사람이 있었다.

뭔가 묘한 미소를 지으며 그녀를 지켜보고 있었는데, 수한이 타고 온 차가 단지를 빠져나가 보이지 않을 때까지 차와 루나의 모습을 번갈아 지켜보았다.

'이거 특종인데!'

루나의 모습을 지켜보고 있던 의문의 시선은 그렇게 남이 모르는 특종을 하나 건졌다는 생각에 입가에 저절로 미소가 걸렸다.

3.
미래를 위한 작은 시작

밝은 실내, 하얀 가운을 입은 사람들이 누군가를 기다리고
있었다.

덜컹!

"그것은 가져왔냐?"

수현은 수한을 보며 물었다.

"네, 여기."

수한은 수현이 어떤 물건에 대하여 물어보자 알루미늄 케
이스로 만든 가방에서 USB칩을 꺼내 주었다.

"이것이 네가 말한 그것이냐?"

수한에게서 칩을 넘겨받은 수현은 시선도 돌리지 않고 물
었다.

자신이 들고 있는 칩에 그처럼 대단한 물건의 설계도가 들어 있을 것이라고는 믿기지 않았다.

손안에 있는 물건은 시중에 흔히 볼 수 있는 모양의 메모리칩이었기 때문이다.

"그건 어제도 말했다시피 미국에서 박사 학위를 준비할 때 설계해 둔 거야!"

수한의 설명을 들은 수현은 도저히 믿을 수 없다는 표정을 지었다.

그리고 그런 두 사람의 이야기를 듣고 있던 사람들 또한 마찬가지였다.

이 자리에 있는 하얀 가운을 입고 있는 사람은 천하 디펜스의 연구소에서 무기 개발을 하고 있는 연구원들이었다.

연구원 모두가 관련 분야의 박사 학위를 가지고 있는 인재들이었지만, 아직까지 어느 누구도 지금 수한이 넘겨준 무기와 같은 것을 만들지 못했다.

그저 기존 도입된 무기들에 대하여 기술 이전을 받아 연구하는 수준이었다.

그리고 수한이 넘겨준 무기의 설계도는 사실 전 세계에서도 자체적으로 개발한 나라는 손에 꼽을 정도다.

그 때문에 천하 디펜스의 연구소에 소속된 연구원들이 하던 연구를 중단하고 이렇게 나와 수한을 기다리고 있었다.

아니, 수한을 기다린 것이 아니라 정확하게는 수한이 설계했다는 무기의 설계도를 확인하기 위해 기다리고 있었던 것이다.

"일단 들어가서 살펴보기로 하자!"

수한은 연구원들이 자신의 손만 뚫어지게 쳐다보는 것 때문에 부담이 되었는지 얼른 말을 하였다.

그러자 연구원들의 표정이 더욱 밝아졌다.

사실 그들도 이렇게 밖에 사무실에 서 있는 것보다는 수현의 손에 들린 설계도를 어서 빨리 살펴보고 싶었다.

"오 마이 갓!"

컴퓨터 모니터를 들여다보던 연구원들은 자신의 눈을 믿을 수가 없었다.

설마 저렇게 간단한 공정으로 휴대용 대전차 미사일이 만들어질 것이라고는 생각지도 못했다.

그런데 더 놀라운 것은 컴퓨터 시뮬레이션에 돌려보니 정상적으로 작동을 한다는 것이었다.

이 얼마나 놀라운 일인가.

저 설계대로라면 그동안 대한민국이 수입하던 대전차 무기의 도입 비용의 1/10 정도로 생산할 수 있었다.

물론 생산 비용이 1/10이라는 것이지, 판매비용이 그 정도라는 것은 아니다.

하지만 군에 납품하는 대전차 무기의 1/2 가격으로만 판매해도 엄청 남는 장사였다.

더군다나 북한이 러시아로부터 구입하여 데드 카피한 동종 무기보다 더욱 뛰어난 무기다.

이런 사실을 알게 된 연구원들과 수현은 눈을 반짝였다.

만약 이 무기를 자신들이 생산할 수만 있다면 현재 받고 있는 압박에서 벗어날 수 있었다.

"이사님! 이거 우리가 만듭시다."

천하 디펜스 연구소 소장인 김정웅 박사는 자신들을 불러 모은 수현을 돌아보며 그렇게 말을 하였다.

연구원들이 수현과 함께 있던 이유는 수한이 가져올 설계도를 검토하기 위해 자리해 있었던 것이다.

그런데 수한이 가져온 무기 설계도를 검토한 연구원들은 하나같이 경악을 금치 못했다.

수한이 설계한 무기의 특징은 현재 군에서 요구하는 조건이 모두 충족하고 있으면서도 가격이 저렴하고, 성능은 현재 개발된 전차를 모두 파괴할 수 있을 정도로 파괴력이 뛰어났기 때문이다.

목표에 대한 유선 유도 방식이 아닌 파이어 앤드 포겟, 즉, 사수는 미사일을 발사한 후 표적에 대한 유도를 할 필요 없이 조준 발사 후 표적에 대하여 잊어도 된다.

사수에 대한 생존성이 높아졌으며, 탑 어택 방식을 채택했기 때문에 아무리 강력한 방어 장갑을 가진 전차라도 파괴할 수 있었다.

전차가 아무리 방어력이 뛰어나다 해도 상판은 어쩔 수 없는 부분이다.

전면과 측면, 후면은 반응 장갑으로 방어력을 높일 수 있지만 상판은 그럴 수 없기 때문에 전차의 최대 약점은 바로 장갑 두께가 가장 얇은 상판일 수밖에 없다.

그런 전차의 상판을 공격하는 탑 어택 방식의 미사일이기에 일단 표적 상부에서 폭발을 하게 된다면 전차는 살아남지 못하게 되는 것이다.

수한이 설계한 무기의 강점은 그것만이 아니었다.

무려 사거리가 5㎞나 되는 중거리라는 것이다.

휴대용 대전차 무기로서 사거리가 5㎞나 된다는 것은 엄청난 전술적 활용도를 가진다.

이런저런 모든 것을 감안해도 수한이 설계한 휴대용 대전차 미사일을 생산한다면 이는 현존하는 최고의 대전차 무기가 될 것이다.

더욱이 연구원들이 설계도를 살펴본 결과 이 무기는 개량의 여지가 있었다. 무기로서 조금만 더 설계 변경을 한다면 충분히 장거리 대전차 무기로도 활용이 가능했다.

그러했기에 김정웅 소장은 수현에게 적극적으로 어필을 한 것이다.

그리고 연구원들은 설계도를 살펴보면서 자신들이 개발하고 있는 다른 무기에도 충분히 활용할 만한 구석이 보여서 더욱 안달이 났다.

한편 수현은 연구소장인 김정웅 박사까지 나서서 적극적인 모습을 보이자 눈을 크게 떴다.

사실 어젯밤에 만나 이야기를 할 때만 해도 수한의 말을 믿지 않았다.

천재라 알려진 사촌이 설계했다는 것을 구경이나 해 본다는 심정으로 오늘 약속을 잡은 것뿐이다.

현재 자신이 처한 사정이 급하지만 않았더라도 이런 수한의 이야기를 들어 보려고도 하지 않았을 것이었는데, 그저 한번 구경이나 해 보자는 생각으로 했던 약속에서 대박을 터뜨린 것이다.

"일단 설계도상으로는 이상이 없다고 하니…… 그래, 계약하자!"

수현은 전문가인 연구소장을 비롯한 연구원들이 모두 확인했기에 수한을 보며 계약을 하자고 했다.

일단 친척이라고 하지만 수한이 천하그룹 소속이 아니기에 설계도상의 무기를 생산하려면 계약을 해야만 했다.

◈　　　◈　　　◈

현재 천하 디펜스의 상황으로써는 빠르게 계약을 하여 무기를 만들어 실험을 해야만 했다.

프로토 타입을 만들고 실험을 해야 하고, 실험이 성공적으로 끝난다면 군 관계자에게 시범을 보이고 난 뒤 국방부와 협상을 해야 하기 때문이다.

이런 절차를 모두 밟고 채택이 되기까지 시간이 얼마나 걸릴지 모를 일이다.

물론 설계도가 있으니 금방 프로토 타입을 만들고 실전 실험이 가능하겠지만, 그래도 최소 몇 개월은 소비가 될 것이니 어서 빨리 계약을 끝내야만 했다.

그렇지만 계약은 생각보다 순조롭지 못했다.

비록 수현과 수한이 친척이라고 하지만 이 일은 엄연히 비즈니스인 것이다.

개발자와 기업 간의 계약이기 때문에 수한의 입장에선 최대한 많은 계약금을 받기를 원하고, 또 그에 반해 수현의 입장에선 최대한 비용을 아끼려 하는 중이다.

그러다 보니 무기 설계도 검토와는 다르게 계약은 조금 지지부진하고 있다.

"너무 많은 것을 요구하는 것 아닌가?"

수현은 조금 전 수한이 요구한 계약금에 난색을 보였다.

수한이 계약금으로 2천억을 불렀기 때문이다.

그리고 옵션으로 자신이 설계한 무기를 판매할 때마다 5%의 인센티브를 요구한 것이다.

순익이의 5%도 아니고 판매액의 5%를 요구했으니 수현으로서는 과하다 생각하였다.

하지만 수한의 입장에선 절대로 그렇게 생각하지 않았다.

그도 그럴 것이 이런 무기를 개발하는 데 들어가는 비용이 얼마이고, 또 시간 등을 계산하면 자신이 요구한 것은 절대로 무리한 요구가 아니었다.

막말로 수현이 담당하여 도입한 대전차 미사일의 구매 금액만으로도 수한이 계약금으로 요구한 금액을 상회한다.

그런데 겨우 구매 대금에도 못 미치는 금액으로 대전차 미사일의 설계도를 소유하게 되는 일인데 수한의 입장에선 참으로 어처구니가 없었다.

"형님! 잘 생각해 보십시오. 라이센스를 사시는 것이 아니라 설계도를 구입하는 것입니다."

수한의 대답이 있었지만 수현으로서는 선뜻 그의 말을 들어줄 수가 없었다.

물론 수한의 말이 전적으로 옳다는 것도 알고 있다.

하지만 최대한 저렴한 비용으로 계약을 하려니 그런 것이다.

지난 자신이 전담해 추진한 사업이 잘못돼 후폭풍을 맞고 있는 현재, 이번 계약으로 자신의 아버지나 그룹 회장인 할아버지에게 눈도장을 찍어야 하기 때문이기도 했다.

그렇게 수현의 최대한 적은 비용으로 계약을 해야 한다는 생각에 이렇게 계약은 쉽게 이뤄질 수도 있는 일이 힘들어지고 있었다.

그리고 수현의 이런 지지부진한 모습 때문에 함께 자리하고 있는 천하 디펜스 직원들의 표정이 갈수록 안 좋아지고 있었다.

이들의 생각에도 수한의 계약서상 요구는 무척이나 타당하다 못해 퍼 주는 것이었다.

그런데도 계약을 끓고 있는 수현이 못마땅하기까지 했다.

'아무리 정수현 이사가 회사를 위한 것이라고 하지만 참으로 도적놈 심보네!'

수현의 부하 직원들이 이렇게 생각하고 있을 때 수한도 점점 지쳐 갔다.

비록 필요한 기초 자금을 마련하기 위해 찾아오긴 했지만 해도 너무한다는 생각도 들었다.

막말로 그나마 자신의 혈족이 운영하는 회사라 찾아와 이런 금액에 판매를 하려는 것이지, 수한도 자신이 설계한 설계도의 가치를 너무도 잘 알고 있었다.

만약 자신의 설계도를 미국 방위 산업체인 제너럴에 판매한다면 지금 수한이 천하 디펜스에 요구한 금액의 1000배는 더 받을 수 있었다.

물론 그렇게 계약을 한다면 인센티브는 받을 수 없겠지만 말이다.

아무튼 이런 저런 생각에 계약을 포기할까, 라는 생각을 하기에 이르렀다.

막말로 작은 제약사를 하나 차리겠다는 계획을 철회하면 되는 문제였다.

어차피 현재 자신의 여건상 제약사를 차린다고 해도 직접적으로 운영을 하려면 대체 복무가 끝나는 3년 뒤나 되어야 제대로 경영을 할 수 있기 때문이다.

그전까지는 전문 경영인이나 아니면 양어머니인 최성희에게 대신 경영을 해 달라고 부탁을 해야 할 판이다.

시간만 자꾸 허비하고 진척이 없자 급기야 최후 통첩을 했다.

"형님! 계약할 의사가 없으면 그만 일어나겠습니다. 형님도 잘 알고 계시겠지만 이런 무기 설계도를 그 가격에 구입한다는 것은 불가능하다는 것을 말입니다."

수한의 말에 수현도 불현듯 느껴지는 것이 있었다.

괜한 욕심에 이번 계약이 불발이 되고 그 이야기가 그룹 회장인 할아버지의 귀에 들어가게 된다면 정말로 후계자와는 완전 멀어지는 것이었다.

문득 자신의 주변을 살펴보았다.

그리고 괜히 그들이 자신을 보는 모습이 자신의 실수를 찾아내려는 눈빛처럼 보였다.

"좋아! 네 요구를 모두 수용하지. 대신 나도 조건을 하나 걸게!"

"조건을 하나 거시겠다고요?"

수한은 수현의 말에 의문을 표했다.

이렇게 좋은 계약 조건에 또 어떤 수한은 물론이고 천하디펜스의 직원들도 멍한 표정으로 수현을 돌아보았다.

"다름이 아니라 회사 사정으로 네가 제시한 계약금을 일시불로 지급할 수가 없다. 너도 저번에 가족 모임에서 들어 알겠지만 현재 우리 회사가 조금 어렵다."

수현의 말은 현재 회사 자금 사정이 어려워 일시불로 계약금을 지불할 수 없다는 소리였다.

그리고 계약금을 분할 지급하겠다는 소리였다.

대신 인센티브를 10%에서 15%로 상향 지급 하기로 계약서를 작성했다.

수한은 그런 수현의 계약 조건을 듣고 잠시 생각해 보았다.

수현이 제시한 조건이 수한이 생각하기에 그리 나쁠 것도 없다는 생각에 그 조건을 받아들였다.

아니, 어떻게 보면 차라리 이게 더 수한 자신에게 좋았다.

모두 필요한 것도 아닌데 굳이 엄청난 계약금을 받아 통장에 묵혀 둘 필요가 없었다.

자신이 설립하려는 제약사의 초기자금이 얼마나 들어갈지는 모르겠지만 수현이 제시한 200억보다는 적게 들 것이란 생각에 수락을 하였다.

초기 계약금으로 200억을 지급하고, 6개월 뒤 다시 200억을 지급하고 다음은 분기마다 200억씩 지급하기로 했다.

인센티브는 무기를 판매한 뒤 분기별로 정산하기로 했다.

그런데 최초 계약금을 지불하고 6개월 뒤에 2차 계약금을 지불하는 이유는 설계도대로 무기를 제작해 실험을 해야 하기 때문에 시간을 둔 것이다.

즉, 무기를 제작하고 실험하고 또 국방부와 협약을 하려면 시간과 돈이 필요하기 때문이다.

계약이 끝나고 양측 모두 원만하게 계약이 끝난 것을 축하했다.

◈　　　◈　　　◈

"엄마! 저 왔습니다!"

수한은 현운사 산문을 들어서며 소리쳤다.

마침 마당을 지나던 최성희는 느닷없이 들려오는 양아들의 목소리에 깜짝 놀라며 소리가 들린 곳을 쳐다보았다.

"어머? 아들 어쩐 일이야? 바쁘다고 하지 않았니?"

"헤헤, 바쁘긴 해도 엄마 얼굴 보고 싶어 내려왔어요."

"에구, 듣기만 해도 기쁘네! 그런데 정말로 어쩐 일이야?"

최성희는 수한의 말에 기쁘긴 했지만 아들이 겨우 그런 일로 지리산까지 내려왔을 것이라고 생각지 않고 물었다.

이미 대체 복무를 하기 위해 연구소에 출퇴근을 하느라 피곤할 것인데 겨우 하루 있는 휴일 이곳까지 내려오는 것이 얼마나 힘든 일인지 잘 알고 있다.

"정말이라니까요. 엄마 얼굴 뵈러 온 것이에요."

수한은 최성희의 추궁에도 능글맞게 대꾸를 하며 빙그레 웃었다.

그런 아들의 모습에 최성희도 미소를 지으며 대답을 하였다.

"할아버지 안에 계시니 어서 들어가 인사드려라!"

"네, 그럼 할아버지랑 이야기 할 것도 있고 하니 조금 뒤에 찾아뵐게요."

"그래, 그럼 조금 뒤에 보자."

"예."

수한은 최성희에게 인사를 하고 의붓 할아버지 혜원이 있는 객방으로 향했다.

이미 나이가 있어 거동이 불편한 혜원은 이곳 혜원사 주지 자리를 다른 사람에게 넘기고 현재 객방 하나를 차지한 채 시간을 정리하고 있었다.

최성희는 그런 혜원이 마지막을 정리하는 것을 돕기 위해 이곳에 남아 수발을 들고 있었다.

수한은 양어머니인 최성희와 헤어져 혜원이 묵고 있는 객방 앞에 서서 옷매무새를 점검하고 안에 신호를 보냈다.

"할아버지, 저 수한입니다."

"허허, 우리 전륜성황께서 오셨나!"

혜원은 수한을 만나기 전 꾸었던 전륜성황의 모습을 기억하며 수한을 부를 때면 전륜성황이라 불렀다.

이는 정말로 수한의 정체를 부처께서 이 나라를 위해 보낸 전륜성황이라 믿고 또 수한에게 그런 존재가 되어 줄 것을 간접적으로 요구하는 의미로 그렇게 부른 것이다.

물론 수한도 혜원이 자신을 그렇게 부르는 것에 조금은 부끄러운 마음이 있기는 하지만, 의붓 할아버지가 되어 준 혜원의 소망이 그것이라면 꼭 이루겠다는 다짐을 하였다.

"헤헤, 할아버지 아직도 제가 전륜성황이라 생각하세요?"

수한은 자신을 전륜성황이라 부르며 깡마른 손으로 자신의 얼굴을 쓰다듬는 혜원의 손길을 느끼며 그렇게 물었다.

그런 수한의 질문에 혜원은 뭐가 그렇게 좋은지 입가에 미소를 한껏 띄며 대답을 하였다.

"그럼, 넌 부처님께서 어지러운 세상을 정화하기 위해 보내신 전륜성황이지. 이 할애비가 부처님을 만나 뵙고 직접 들었다니까!"

마치 손자에게 옛날이야기를 들려주는 듯 혜원은 객방 문밖으로 보이는 골짜기를 보며 그렇게 이야기를 하였다.

그런 혜원을 보던 수한은 객방 문을 닫으며 안으로 들어섰다.

"할아버지, 3월이라고 하지만 아직 바람이 차요. 안으로 들어가요."

"그래, 그러자꾸나."

두 사람은 방 안으로 들어가 자리를 잡았다.

혜원이 아랫목에 자리하자 수한은 혜원에게 큰절을 하고 자리에 앉았다.

"할아버지 건강하게 오래오래 사세요."

"인석아! 인세에서 고생했으니 이젠 부처님이 계신 극락정토에 가야지!"

혜원은 수한의 말에 정색을 하며 난색을 표했다.

물론 그 말이 정말로 빨리 이 세상을 떠나겠다는 말은 아니었다.

"그래, 어쩐 일로 여까지 내려왔느냐?"

할아버지의 질문에 수한은 자신이 혜원을 찾아온 이유를 설명했다.

"할아버지, 제가 작년에 친부모님을 만나러 외국에 갔다 온 것은 아시죠?"

수한은 자신이 작년 캄보디아로 친부모를 만나러 갔던 이야기를 시작으로 오늘 혜원을 찾아온 용건을 말하기 시작했다.

한동안 수한의 이야기를 조용히 듣고 있던 혜원은 자신도 모르게 염불을 외쳤다.

"아미타불 관세음보살."

수한의 이야기를 들을수록 그동안 자신이 했던 일이 무언지 반성을 하게 되었다.

한민족을 지킨다는 사명을 가지고 있는 지킴이의 수장으로서 그동안 자신이 무엇을 했는지 참으로 부끄러웠다.

이제 겨우 약관이 된 손자는 벌써 뜻을 세우고 자신을 찾아와 의논을 하고 있는데 정말이지 앞에 있는 손자의 얼굴을 보기가 부끄러웠다.

"그래, 생각해 놓은 것은 있느냐?"

혜원은 수한이 자신의 복수도 뒤로하고 불쌍한 동포를 돕기 위해 준비를 한다는 말에 물었다.

그런 혜원의 물음에 수한은 드디어 혜원을 찾은 이유를 설명했다.

"예, 제가 미국에서 전공한 것들 중 의약 분야에 가장 자신이 있습니다. 비록 신약을 개발하기 위해선 많은 비용과 시간이 필요하겠지만 준비해 둔 것도 있으니 회사만 있으면 빠른 시간에 신약을 생산할 자신이 있습니다."

혜원은 수한의 이야기를 듣다 깜짝 놀랐다.

물론 혜원도 수한이 천재란 것을 알고 있었다.

어려서부터 일반적으로 알려진 천재와는 그 궤를 달리하는 비교 불가의…… 말 그대로 하늘이 내린 인재였다.

양녀인 최성희를 통해 수한이 미국에서 어떤 공부를 했는지도 들어 알고 있었다.

그런데 설마 인간의 생명에 관련된 신약을 이미 개발하였다는 말에는 놀라지 않을 수가 없었다.

지킴이에는 많은 이들이 포진해 있었다.

그중에는 제약 분야에 있는 사람도 있고, 또 의사나 약사, 한의학에 뛰어난 이들도 많았다.

그렇기 때문에 지금 수한이 말한 신약 개발이란 게 얼마나 어려운 것인지 자세하게는 모르지만 그래도 일반 사람들 보다는 많은 것을 알고 있었다.

자신도 한의학은 조예가 있어 젊었을 때는 인근 마을에 시주를 나갔다가 어려운 사람이 있으면 간단한 침술이나 처방을 해 주기도 했었다.

"허허……."

정말이지 말이 나오지 않는 손자였다.

"그래, 그럼 내가 어떤 도움을 주길 바라느냐?"

혜원은 수한의 이야기를 듣다 단도직입적으로 자신이 도울 일이 뭐가 있는지 물었다.

오랜 연륜을 가지고 있는 혜원이 보기에 손자가 자신에게 뭔가 도움을 구하는 것이 있어 이곳 지리산까지 내려왔다는 것을 알 수 있었다.

그런 혜원의 질문에 수한은 빙그레 미소를 지으며 대답을 하였다.

"다름이 아니라 봉구 아저씨 회사 있잖아요."

"봉구? 조봉구? 수원에서 제약회사를 운영한다는 조봉구 말이냐?"

혜원은 수한이 말한 이가 누군지 금방 깨달을 수 있었다.

"예, 그분 회사가 요즘 자금 때문에 고난을 겪고 있다고 하더라고요."

"그렇지, 참 안타까운 사람이야! 능력은 있는데 주변 여건 이 참······."

혜원은 조봉구를 생각하며 그렇게 중얼거렸다.

정말로 능력은 있는데, 주변 상황 때문에 뜻을 펴지 못하 고 사업이 어려워진 것이 안타까웠다.

"그래서 말인데, 제게 봉구 아저씨 좀 소개해 주세요."

수한은 혜원이 조봉구를 자신에게 소개해 줄 것을 부탁했 다.

"네가 봉구를 만나 뭐하게? 네가 개발했다는 신약을 만들 게 하려고?"

"예, 봉구 아저씨 회사에서 제가 개발한 신약을 만들어 팔 려고요."

"그럼 좋기는 하지만 너도 들어서 알겠지만 현재 봉구 회 사가 곧 부도가 날 것이라고 하더라."

"그건 알고 있어요. 그래서 이참에 제가 봉구 아저씨 회사 를 인수하려고요."

"뭐라고? 네가 그런 돈이 어디 있어서?"

혜원은 수한이 조봉구의 제약회사를 사겠다는 말에 깜짝 놀랐다.

비록 조봉구의 회사가 부도가 날 상태이긴 하지만 그의 회사가 결코 작은 규모는 아니었다.

사실 조봉구의 회사가 부도 위기에 처하게 된 이유가 너무도 회사 규모를 키웠기 때문이었다.

잘나가던 조봉구의 제약회사가 어려워진 것은 사실 그의 잘못이 아니라 다른 제약사와 병원들의 농간에 함정에 빠졌기 때문이다.

대한민국은 오래전부터 병원의 비리가 만연해 있다.

병원의 이익을 위해 제약사에 무리한 리베이트를 요구하기도 하고 또 농간을 부려 비슷한 약을 생산하는 제약사끼리 경쟁을 시켜 약값을 떨어뜨리기도 했다.

그중 조봉구가 어려움에 처하게 된 것은 조봉구가 거래하던 병원들과 경쟁 제약사들이 짜고 조봉구가 무리하게 사세를 확장하게 만든 것이다.

조봉구에게 제약공장 규모를 늘리게 만들고는 거래를 끊어 버렸다.

주문이 늘어 그것을 맞추기 위해 공장 규모를 늘렸더니 하루아침에 거래 중단을 선언한 것이다.

물론 모든 병원들이 그런 것은 아니었지만 한순간 많은 거래 주문이 끊기니 대출을 하여 확장한 공장의 가동이 줄어들고, 그러다 이자도 제때 갚지 못하게 되었다.

이자를 지급하지 못하는 이런 소문이 장안에 퍼지고 소문이 퍼지니 은행에서는 대출한 원금을 회수하려고 하였다.

이러니 그 종착은 부도로 마무리 되는 것이다.

사실 이런 일은 비단 조봉구에게만 벌어지는 일은 아니었다.

대한민국에 있는 제약회사에 언제 어느 때 벌어질지 모르는 일이다.

병원은 갑의 입장에서 자신들에게 많은 이윤을 책임져 주는 회사에 손을 들어 주는 것은 당연했다.

그리고 제약회사들은 살아남기 위해선 경쟁자를 물리쳐야만 한다.

만약 조봉구가 조금만 욕심을 줄였더라면 무리해서 공장을 늘리려고 대출을 받지는 않았을 것이다.

분수에 맞게 들어오는 주문을 거절했어야 하지만 은행 대출을 상환하기 위해 무리하게 규모를 늘리니 이런 함정에 빠지게 된 것이다.

이런 사실을 알고 있던 혜원은 수한이 조봉구를 소개해 달라는 말을 하자 난감했었다.

조봉구가 당장 은행에 갚아야 할 빚이 20억이나 되기 때문이다.

물론 20억이 조봉구가 사장으로 있는 제약회사가 갚아야 할 빚의 전부는 아니다.

일단 이달 안에 20억을 갚지 않으면 부도가 난다.

그리고 그 뒤로 돌아오는 어음을 결제하지 못하면 그때도 부도를 맞을 수 있었다.

이렇게 부채가 많은 제약회사의 사장인 조봉구를 소개해 달라는 수한의 말에 걱정이 들었다.

비록 피는 섞이지 않았지만 혜원은 수한을 한 번도 남이라 생각지 않았다.

18년 전 자신을 찾아왔을 때부터 수한은 혜원에게 손자였고, 혈육이었다.

"어르신 안녕하셨습니까?"

조봉구는 혜원의 호출에 깜짝 놀랐었다.

계속되는 자금 압박과 밀려오는 어음 결제 일을 생각하면 하루도 편할 날이 없었다.

괜한 감언이설에 속아 계산도 하지 않고 장밋빛 미래를 꿈

꾸며 무리한 대출을 받은 때문에 현재 뒷목을 잡고 쓰러질 지경이었다.

그러던 차에 할아버지 때부터 인연을 맺어 온 혜원 스님이 찾자 자신의 할아버지를 뵙는 기분으로 지리산 현운사에 들렀다.

한순간만이라도 근심 걱정에서 해방되고 싶은 마음에 혜원이 부르자 모든 일을 제쳐 두고 내려온 것이다.

자신이 회사에 있다고 뾰족한 수가 있는 것도 아니기에 정말로 무작정 내려왔다.

괜히 누군가에게 자신의 심정을 풀어 놓지 않으면 정말이지 미칠 것 같은 기분이었기 때문이다.

"그래, 요즘 고생이 많다고 하던데, 좀 어때?"

혜원은 모든 것을 알고 있었지만 당사자 앞에서 표시를 낼 수가 없어 이렇게 물었다.

그런 혜원의 질문에 조봉구는 씁쓸하게 미소를 지으며 토해 내듯 대답을 하였다.

"좀 힘드네요."

다른 때 같으면 그런 말을 하지 않았을 것이지만 오래전 돌아가신 할아버지의 친우이고 또 돌아가신 자신의 아버지의 후견인이었으며 자신의 결혼식에 주례를 봐 준 사람이 바로 혜원이었다.

이미 나이가 얼마나 되는지 알려지지 않았지만 자신의 할아버지의 친우였으니 적어도 100세는 넘었을 것이라 예상을 할 뿐이다.

"저 그런데 어쩐 일로 절 부르신 것인지요."

조봉구는 할아버지의 친우였던 혜원에게 조심스럽게 자신을 부른 용건을 물었다.

자신에게 조심스럽게 질문을 하는 조봉구의 모습을 보며 참으로 안타까운 마음이 들었다.

'참으로 기개가 뛰어났던 아이인데…….'

혜원은 지금 조금은 위축되어 있는 조봉구의 모습에 참으로 안타까웠다.

매사에 사리분별이 뛰어나고 인의가 투철했던 아이인데, 현실에 치여 의기소침해진 모습이 보기 좋지 못했다.

"네게 소개해 줄 사람이 있어 불렀다. 밖에 수한이 있으면 안으로 들어오너라!"

이미 밖에는 조봉구가 왔다는 소식을 들은 수한이 대기하고 있었다.

연구소에서 대체 복무를 하고 있기에 수시로 시간을 낼 수 없었던 수한은 일주일 전 혜원에게 부탁을 해 조봉구를 만나게 해 달라는 부탁을 했었다.

그리고 일주일이 지나고 오늘 그가 오기 전 미리 도착해 기다리고 있었다.

"안녕하세요, 봉구 아저씨."

수한은 방 안으로 들어서며 조봉구에게 인사를 하였다.

그런 수한의 모습에 조봉구는 눈만 깜빡였다.

"그, 그래, 수한이. 오랜만이다. 전에 미국에 간다고 인사를 왔을 때 보고 처음이지?"

조봉구는 수한이 방 안으로 들어서는 모습에 무슨 일인가, 생각을 하다 자신을 보며 인사를 하는 수한에게 마주 인사를 했다.

눈앞에 있는 수한은 자신의 큰딸과 동갑인 아이였다.

동갑인 자신의 딸은 이제 대학에 들어갔는데, 수한은 어려서부터 천재로 알려지며 미국에 유학을 간다며 5년 전에 인사를 왔었다.

그런데 듣기로 미국에서 대학을 졸업한 것은 물론이고 박사 학위까지 받고 돌아오기 위해 장기체류를 하고 있다고 했는데, 이곳에 있는 것이 놀라웠다.

"그래, 박사 학위까지 받겠다고 하더니 공부를 다 마친 것이냐?"

어려서부터 천재로 불리던 수한이다 보니 혹시나 싶어 물어보았다.

그런 조봉구의 물음에 수한은 미소를 지으며 대답을 하였다.

"네, 작년에 학위를 받고 귀국했어요. 지금은 병역을 해결하기 위해 창선 아저씨 회사에서 연구원으로 대체 복무를 하고 있어요."

수한은 자신의 현재 거취를 조봉구에게 설명을 해 주었다.

그런 수한의 대답에 조봉구는 깜짝 놀랐다.

하지만 놀람도 잠시 자신의 일처럼 축하를 해 주었다.

"아, 그래? 정말 축하한다. 어린 나이에 박사 학위를 따다니…… 정말로 축하한다."

조봉구의 축하에 수한은 다시 한 번 미소를 지어 보였다.

"참! 어르신 조금 전 절 부르신 용건을 말씀하시다 말고 왜 수한이를 부르신 것입니까?"

문득 조금 전 일이 생각난 조봉구는 자신에게 용건을 말하겠다던 혜원이 갑자기 수한을 부른 이유를 물었다.

그런 조봉구의 질문에 혜원도 미소를 지으며 수한을 돌아보며 말을 했다.

"자네를 부른 것은 사실 내가 용건이 있어서 그런 것이 아니라 여기 수한이가 자네에게 긴히 할 말이 있다고 해서 불렀네."

혜원의 말을 들은 조봉구는 의문 가득한 눈으로 수한을 돌아보았다.

자신에게 어떤 볼일이 있어 혜원을 통해 이곳까지 부른 것인지 알 수가 없었기 때문이다.

그런 조봉구의 마음을 읽은 것인지 수한이 나서서 이야기를 하기 시작했다.

"할아버지, 지금부터는 제가 아저씨에게 말씀 드릴게요."

"그래, 난 잠시 부처님 좀 뵙고 오마."

혜원은 수한과 조봉구 두 사람이 조용히 이야기 할 수 있도록 자리를 피해 주기 위해 자리에서 일어났다.

"날이 아직 차니 단단히 차려입고 다녀오세요."

"알았다."

객방 밖으로 나가는 혜원을 염려한 수한은 걱정을 하였다.

비록 피를 나눈 혈육은 아니지만 끈끈한 조손의 정을 여실히 느낄 수 있는 대화였다.

이런 두 조손의 대화에 조봉구는 저절로 마음이 포근해졌다.

그동안 자신의 가슴을 억누르던 압박감에서 어느 정도 해방이 된 듯 마음이 편안해진 것이다.

'내려오길 잘했네!'

조봉구는 정말로 이곳에 잘 내려왔다는 생각을 하였다.

그동안 말은 하지 않았지만 정말로 하루하루가 지옥이었다.

계속되는 자금 압박으로 피가 마를 지경이었다.

더욱이 큰딸은 올해 대학에 들어간 새내기였다.

만약 부도를 맞게 된다며 그의 가족은 하루아침에 길거리에 나앉을 지경이었다.

그런데 은행에서는 무슨 이유에서인지 더 이상 대출이 어렵다는 말만 하고, 거기에 더 나아가 원금을 회수하려는 움직임을 보이고 있었다.

조봉구의 회사는 무리한 확장을 하기 전까지만 해도 은행에서 서로 대출을 해 주겠다고 다투던 그런 회사였다.

다른 회사들에 비해 부채율도 적고 또 자체적으로 특허도 몇 가지고 있었기에 국내 제약사들 중에서 무척이나 탄탄한 회사였다.

하지만 동종 업계의 함정에 빠진 지금은 언제 부도를 맞을지 모르는 그런 회사로 전락하게 되었다.

물론 조봉구가 부도를 맞는다 해서 은행은 손해가 없었다.

그의 회사가 가진 특허만 다른 제약사에 팔아도 충분히 손해를 만회할 수 있기 때문이다.

원칙적으로 이런 정도면 이자 상환을 연장해 줄 수도 있는데 은행에서는 조봉구의 부탁을 들어주지 않았다.

아무튼 이런저런 고민에서 잠시 벗어날 수 있었던 것만으로도 조봉구는 오늘 지리산까지 내려온 것에 만족했다.

"아저씨, 제가 이 자리에 있는 것이 무척 당황스러우시죠?"

"……."

조봉구는 수한의 질문에 아무런 말도 하지 않았다.

수한의 말마따나 조금은 당황했기 때문이다.

그런 조봉구를 보며 수한은 이유를 단도직입적으로 꺼냈다.

"제가 지금부터 하는 이야기 너무 고깝게 듣지 마시고 끝까지 들어 주세요."

"알았다."

조봉구는 수한의 말에 고개를 끄덕이며 다짐하였다.

그가 지금까지 보아 온 수한은 절대로 허튼소리를 하지 않는 아이였다.

어려서부터 천재라 불리며 어른들의 기대 이상을 보여 준 아이였기에 조봉구도 다른 지킴이의 어른들처럼 수한을 기대에 찬 눈으로 지켜보았다.

그리고 수한이 크면 자신의 딸과 결혼을 시키고 싶다는 작은 욕심을 내기도 했었다.

사실 지킴이에 속한 어른들은 수한을 자신의 사위나 손자 사위 감으로 생각하고 있는 이들이 많았다.

수한은 조봉구의 허락이 떨어지자 일주일 전 혜원에게 했던 이야기를 하기 시작했다.

이야기가 진행이 될수록 조봉구의 표정이 수시로 펴졌다 구겨지기를 반복했다.

수한의 이야기가 끝나고 침묵에 빠진 조봉구는 침중한 표정이 되었다.

그러면서 자신이 회사를 운영하면서 얼마나 방만하게 운영을 했는지 깨닫게 되었다.

비록 어린 나이기는 하지만 천재인 수한에게서 듣게 된 말이라 조봉구도 자신을 객관적으로 바라볼 수 있었다.

만약 조봉구가 조금만 권위적인 사람이었다면 수한의 말에 크게 화를 냈을 것이지만, 조봉구 또한 뛰어난 사람이었기에 수한의 말을 되돌아볼 수 있었다.

"그래서 네 말은 내 회사를 사고 싶다는 그 말이냐?"

"네, 정확하게는 아저씨의 회사 대주주가 되겠다는 말이에요. 아저씨도 아시겠지만 현재 제가 대체 복무를 하는 중이라 회사를 운영할 수가 없어요. 그리고 그렇지 않다고 해서 회사를 운영할 능력도 되지 않고요. 제가 아까도 말씀 드렸던 것처럼 제가 아저씨 회사를 인수하게 된다면 전 대주주로 남고 아저씨는 지금처럼 회사를 운영해 주세요."

"그렇지만 만약 그랬다가 내가 욕심을 부려 회사 돈을 빼돌리기라도 하면 어쩌려고?"

이미 조봉구의 마음은 수한에게 넘어간 상태다.

현재 자신의 능력으로는 부도를 막을 수 없다는 것을 잘 알고 있다.

그런데 지금 수한이 회사 부채를 갚아 주고, 회사까지 인수해 자신 보고 전문경영인이 되라고 하지 않는가.

더욱이 이번 일로 인지도가 떨어진 회사의 인지도를 끌어올릴 수 있는 상품까지 가지고 말이다.

막말로 지금 수한이 하는 이야기는 전적으로 자신에게 불리할 것이 없는 얘기였다.

더욱이 더 이상 은행에 아쉬운 소리를 하며 돈을 빌릴 필요가 없다는 소리에 조봉구는 해머로 머리를 한 대 얻어맞은 기분이었다.

얼마나 많은 돈을 가지고 있기에 그런 소리를 하는 것인지 처음에는 의심이 되기도 했는데, 수한이 보여 준 계약서를 보고 고개를 끄덕일 수밖에 없었다.

수한은 조봉구를 설득하기 위해 자신이 수현과 계약을 한 계약서를 보여 주었다.

그 계약서에 수한이 천하 디펜스에서 받아야 할 돈이 얼마나 되는지 그리고 여유 자금이 얼마나 되는지도 알려 주었다.

수한이 자신에게 건 조건도 결코 나쁠 게 하나 없었기 때문에 더 이상 망설일 필요가 없었다.

4.
미래로의 한 걸음

산과 들은 남쪽에서 불어오는 따스한 봄바람에 얼은 몸을 녹이며 봄이 왔음을 알리고 있었다.

싱그러운 햇살에 산새도 요란하게 지저귀고, 겨우내 앙상했던 나뭇가지에는 새싹이 눈을 뜨고 있다.

사람들의 옷차림에도 변화가 있었는데, 두꺼운 점퍼를 벗어 버리고 조금은 가볍고 화사한 옷으로 갈아입었다.

여성의 옷만 봐도 봄이 왔음을 알 수 있다고 했던가. 거리에 다니는 여성들의 옷도 겨울보다는 더욱 과감해진 감이 보였다.

하지만 그런 세태와는 반대로 더욱 몸을 여미는 이들이 있었다.

화사한 봄과는 반대로 더욱 추운 냉기가 불어 닥친 것 마냥 옷깃을 여미며 다른 사람과 다르게 여유가 없었다.

조은제약. 한방 의약품을 제조 생산하는 제약회사로, 그 역사는 무척이나 오래된 제약사다.

가족 같은 분위기로 많은 기업들이 도산했던 IMF 당시에도 꿋꿋이 이겨 냈다.

그렇지만 한순간 투자의 실패로 부도위기에 처했다.

현재 조은제약이 처한 상황은 IMF 때와는 다르게 이들만의 힘으로 이겨 낼 수가 없었다.

경쟁 제약사들의 음모와 병원의 무리한 커미션 요구, 그리고 무리한 로열티를 요구하는 다국적 기업 등 복합적인 요인으로 인해 조은제약은 부도 직전까지 몰리게 되었다.

물론 조은제약이 한방 생약을 생산하는 부분이 있어 그나마 지금까지 명목을 유지하고 있었지, 그렇지 않았다면 진즉다른 영세 제약사들처럼 무너졌을 것이다.

하지만 한방 생약 부분에 특허를 몇 가지고 있어 이것으로인해 지금까지 대출을 받아 명맥을 유지했지만 그것도 이젠한계에 도달했다.

은행의 대출상한은 막혔고, 사채는 끌어 쓸 만큼 끌어 쓴상태다.

이런 분위기에 직원들은 회사에 출근을 했지만 일손이 손에 잡히지 않아 방황을 하고 있었다.

"김 대리! 사장님은 아직인가?"

"예, 오늘 사장님께서는 약속이 있으셔서 지방에 내려갔다 오후에나 출근하신다 하셨습니다."

김성한 대리는 출근을 하며 사무실로 들어서는 조봉봉 전무의 질문에 대답을 하였다.

조봉봉 전무는 조봉구 사장의 동생으로 조은제약은 사실상 가족기업이나 마찬가지 기업이다.

어려운 때를 함께 이겨 냈지만 회사가 어려워지며 갈등을 빚고 있었다.

조봉구 사장의 동생인 조봉봉 전무는 어려워진 회사를 굳이 손에 움켜쥐고 있기보단 현재 헐값이지만 회사를 사려고 하는 다른 제약사에 팔아 버리고 적은 돈이나마 챙기는 것이 좋다는 생각을 가지고 있었다.

일본의 의료 전문 기업인 대동제약 주식회사에서 은밀히 그에게 찾아와 회사를 자신들에게 넘기라는 제안을 해 온 것이다.

이런 이야기를 자신의 형인 조봉구에게 하였지만 조봉구는 증조할아버지 때부터 이어 온 가업이라는 말로 대동제약 주식회사의 제안을 거절했다.

하지만 조봉봉은 자신의 형이 무슨 생각으로 그런 제안을 거절했는지 잘 알고 있었다.

자신의 할아버지와 아버지는 일제식민 시절 독립군을 돕다 갖은 고초를 겪었다.

당시 약방을 하며 벌어들인 돈으로 독립군에게 독립 자금을 대고 있었는데, 그만 그것이 일본 순사에게 발각이 된 것이다.

그 때문에 형무소에 끌려가 고문도 당하고 또 감옥살이도 했었다.

이런 사실을 어려서부터 듣고 커 온 관계로 일본에 관해선 일단 색안경을 쓰고 볼 지경이다.

하지만 세상이 변했다. 조봉봉 전무가 생각하기에 사장인 자신의 형은 시류를 읽을지 모르는 사람이었다.

이미 가족이 꾸려 온 제약회사는 주식회사로 전환을 하면서 이미 자신들 가족만의 기업이 아니게 되었다.

그리고 주변의 모든 여건이 변해 자신들을 도와주는 사람이 하나 없는데 언제까지 다 무너져 가는 회사를 끌어안고 있을 것인지 답답했다.

비록 일본 기업이기는 하지만 일단 살고 봐야 하지 않겠는가.

조봉봉은 자신의 형이 출근하면 오늘만은 꼭 따져야겠다는 결심을 하였다.

사장이 아직 출근하지 않았다는 말에 굳어지는 조봉봉 전무의 표정에 김성한 대리나 사무실에 있던 직원들은 더욱 조심스러워졌다.

현재 회사 분위기가 어떻다는 것을 잘 알고 있는지라 괜히 눈 밖에 나 퇴직금도 받지 못하고 쫓겨날 수도 있으니 말이다.

"모두 열심이군!"

시간이 흘러 점심시간이 조금 지난 시간에 출근한 조봉구 사장은 사무실에 들어오면서 직원들을 보며 인사를 건네며 들어섰다.

"사장님 오셨습니까? 가셨던 일은 잘되셨습니까?"

입구와 정면에 있던 송승완 과장이 자리에서 일어나며 물었다.

사장인 조봉구가 어떤 일로 지방까지 내려갔는지는 모르지만 어제 퇴근을 할 때 뭔가 편한 얼굴로 나가는 것을 보았기에 그리 묻는 것이다.

지금 압박에 시달리던 때와 다르게 전화를 받고 오늘 약속 때문에 오후에 출근을 하겠다고 했을 때 송승완 과장은 혹시나 만나러 가는 사람에게 돈을 융통해 오는 것은 아닌가, 하는 생각을 했다.

"아, 그 때문에 그러니 간부들 좀 회의실로 불러오도록 해!"

조봉구는 자신에게 질문을 하는 송 과장에게 지시했다.

"알겠습니다."

송승완 과장은 조봉구의 말에 얼른 자리를 떠나 과장급 이상의 간부들을 찾아 조봉구의 말을 전달했다.

웅성웅성.

사장인 조봉구가 할 이야기가 있다는 소리에 간부들은 모두 회의실에 모였다.

"전무님! 무슨 이야기 들은 것 있습니까?"

송승완 과장은 조봉봉 전무의 곁으로 다가가 혹시 무슨 이야기 들은 것이 있는지 질문을 했다.

하지만 질문을 받은 조봉봉 또한 자신의 형에게 들은 것이 없으니 고개만 갸웃거릴 뿐이다.

"아니, 나도 모르겠네!"

"네……."

많은 사람들이 조봉봉 전무의 이야기에 귀를 기울이다 그 또한 아는 것이 없다는 말에 시선을 돌려 빈 의자를 쳐다보았다.

빈 의자의 주인은 바로 사장인 조봉구의 자리로 조봉구는 간부들을 회의실로 모이라 지시를 하였지만 아직 회의장에 나타나지는 않았다.

덜컹! 탕!

회의실 문이 열리고 곧 닫히는 소리가 들렸다.

웅성거림으로 소란스럽던 회의실은 한순간 소음이 줄고 조용해졌다.

사장인 조봉구가 회의실에 들어선 것을 회의실에 있던 간부들이 보았기 때문이다.

드드득!

조봉구가 들어서자 자리에 앉아 있던 간부들이 모두 자리에 일어나자 그들이 앉았던 의자가 끌리며 소음이 있었다.

"모두 앉아. 내 할 이야기가 있으니 앉아서 편하게 듣도록해."

조봉구는 자신이 나타나자 자리에서 일어나는 간부들을 보며 그렇게 말을 하였다.

그리고 자신의 자리에 가서 앉자 간부들도 자리에 착석하는 것을 보며 이야기를 시작했다.

"흠, 모두 내가 갑자기 회의실로 불러 놀랐을 거야."

"아닙니다."

"아니긴. 일단 고심 끝에 회사를 다른 사람에게 넘기기로 했다는 말을 먼저 하기로 하지."

조봉구 사장이 마치 선언이라도 하듯 회사를 다른 사람에게 넘기기로 했다는 말에 아무도 말을 하지 못했다.

"형님!"

유일하게 조봉구 사장의 말에 반응을 보인 사람은 바로 그의 동생이자 회사 전무인 조봉봉 전무였다.

"그런데 우리 회사를 사려는 사람의 조건은 현재 이사들이 가진 주식을 전량 그에게 넘긴다는 조건이네!"

조봉구 사장의 말은 이 자리에 있는 과장급들에게는 해당 사항이 없는 이야기지만 조봉봉이나 다른 이사들에게는 무척이나 중요한 내용이었다.

사실 조은제약의 주식 가치는 휴지조각보다 조금 더 비싼 정도다.

액면가 500원에도 미치지 못하는 아니 그 1/5도 간신이 넘기는 110원이다.

이미 거래정지가 된 상태이고 상태 계선이 되지 않는다면 조만간 주식시장에서 퇴출이 될 예정이다.

하지만 조은제약에게 회생의 구멍이 보이지 않기에 현재 이 자리에 있는 이사들은 조봉봉 전무가 전에 했던 이야기처럼 일본기업에 회사를 넘기는 것으로 의견이 모아지고 있던 찰나였다.

그런데 일본기업에 절대 회사를 팔지 않겠다고 했던 조봉구 사장이 느닷없이 회사를 넘긴다고 하지 놀란 얼굴이었다.

그러다 자신들이 보유한 주식을 모두 넘겨야 한다는 말에 잠시 고민을 했다.

회사가 회생할 수 있는 기회를 맞았으니 좋은 일이지만 주식을 넘기고 자신의 거취가 걱정이 된 것이다.

이 때문에 주식을 넘기고 회사가 다른 사람에게 넘어갔을 때의 자신에게 떨어질 이득과 손해를 계산해 보기 바빴다.

한동안 아무도 조봉구 사장의 말에 말을 꺼내는 이가 없었다.

"그렇게 진즉 제 말대로 회사를 그들에게 넘겼으면 되는 것을 무엇 때문에 이렇게 질질 끈 것입니까?"

조봉봉은 자신의 형의 말에 삐딱하니 말을 하였다.

그런 동생의 모습에 조봉구는 살짝 눈살을 찌푸렸다.

"뭔가 오해들 하는 것 같은데 우리 회사를 사려는 사람은 그때 그 일본인들이 아니라 다른 사람입니다."

조봉구 사장은 자신의 동생이나 간부들이 오해를 하는 것 같아 그들의 생각을 정정해 주었다.

사실 이 중에 회사가 어려워지자 일본기업에 회사를 넘기고 퇴직금이라도 챙기자는 생각을 가진 이들이 있음을 잘 알고 있었다.

그중 자신의 동생인 조봉봉 전무도 포함되어 있는 것을 잘 알고 있는지라 조봉구 사장은 조금 전과 다르게 표정을 굳히며 이번 자신이 만나고 온 회사를 인수하려는 사람이 전에 자신들의 회사를 사겠다고 제안한 일본인들이 아님을 알렸다.

"사장님 그런데 이번에 저희 회사를 사겠다는 사람은 어떤 사람입니까? 그리고 직원들은 어떻게 되는 것입니까?"

주식과는 상관이 없는 송승완 과장은 회사가 누구에게 넘어가도 상관이 없었다.

다만 자신처럼 회사 주식을 가지고 있지 않은 직원들의 처우가 걱정이 되어 그것을 물었다.

그런 송 과장의 질문에 조봉구는 빙그레 미소를 지으며 대답을 해 주었다.

"직원들은 모두 승계하기로 했습니다. 물론 이사들 중에서도 결격사유가 없다면 그들도 유임하겠다고 했습니다. 다만 이사들이 가지고 있는 주식을 전부 사들이는 것이 조건입니다. 그렇지 않을 때는 회사를 인수하는 것은 백지로 돌아간다고 했습니다."

조봉구 사장의 말에 굳어 있던 이사들의 표정이 밝게 펴지기 시작했다.

굳이 값도 나가지 않는 애물단지 같은 주식을 모두 팔아도 자신의 자리를 연명할 수 있다는 말에 이사들의 머릿속이 빠르게 돌아가기 시작했다.

'뭐야! 이거 한없이 좋은 조건이잖아!'

이사들은 정말로 회사를 인수하겠다는 사람이 건 조건이 자신들에게 무척이나 좋은 조건이라 생각했다.

회사 주식을 보유하지 않고도 자신의 자리를 그대로 유지할 수 있다는 말에 마음이 흔들렸다.

사실 회사에서 가장 불안한 위치에 있는 사람은 말단 직원이 아니라 바로 이사들이었다.

이들은 노조에도 가입이 되지 않는 존재들로 사장이 언제든 자를 수 있었다.

다만 주식을 보유하고 있으면 함부로 자를 수 없다.

만약 주주총회가 벌어지고 경영권이 불안했을 때 편을 들어줄 이들이 이사들이기 때문이다.

그런데 현재 조은제약은 모든 것을 떠나 주식 자체도 이미 쓰레기 수준으로 가격이 떨어졌다.

괜히 오래 가지고 있어 봐야 소용이 없는 것이다.

그럴 바에는 주식을 사겠다는 사람이 있을 때 손해를 보더라도 파는 것이 좋은 일이다.

그런데 주식을 사 줄 뿐 아니라 결격 사유만 없다면 다른 직원들처럼 고용승계를 하겠다는 말에 모두 조봉구의 말에 찬성을 하였다.

한편 조금 이야기가 이상해지자 조봉봉 전무는 쉽게 판단을 내리기가 어려웠다.

"모두 그렇게 알고들 있어!"

간부들에게 자신이 전달할 말을 모두 전한 조봉구는 자리에서 일어나 자신의 사무실로 향했다.

그런 조봉구의 모습에 조봉봉 전무는 잠시 멍하니 자신의 형이 회의실을 빠져나가는 것을 보다 얼른 자리에서 일어나 형의 뒤를 따라갔다.

그리고 사장과 전무가 빠진 회의실에 남은 간부들은 조금 전 조봉구 사장이 하고 간 말을 가지고 떠들기 시작했다.

'잘됐다.'

간부들 머릿속에는 조금 전 사장이 하고 간 이야기를 되새김하다 모두 잘 되었다고 생각을 하였다.

직장인들에게 다니던 회사가 다른 사람에게 넘어갈 때 가장 걱정하는 것은 바로 자신의 자리가 무사할 것인가이다.

그런데 고용승계가 된다는 말에 안심을 한 것이다.

새롭게 다른 직장을 알아볼 필요 없이 계속해서 직장에 다닐 수 있다는 것은 가계에 영양이 미치지 않는다는 소리니 말이다.

한편 자신의 형을 따라간 조봉봉은 형에게 따져 물었다.

"형님!"

"무슨 할 말이라도 있느냐?"

"조금 전 그거 무슨 소립니까? 그들 말고 또 저희 회사를 사겠다는 사람이 나타난 것입니까?"

조봉봉은 정말이지 궁금했다.

자신의 형이 그저 불안해 떨고 있는 직원들을 다독이기 위해 거짓을 말한 것은 아닌가? 하는 생각 때문에 물어보는 것이다.

자신도 처음 할아버지와 아버지가 일군 기업을 일본인들에게 넘기는 것이 꼭 마음에 든 것은 아니었다.

하지만 그것은 그것이고 살 사람은 살아야 하지 않겠는가? 더욱이 아직 자신의 보살핌을 받아야 할 자식들이 있는데 개인적인 기분만으로 일을 그르칠 수는 없는 일이었다.

자신을 쳐다보며 물어 오는 동생의 모습에 그가 어떤 심정으로 그런 질문을 하는지 잘 알고 있는 조봉구 사장은 자신의 동생에게 오늘 오전에 있었던 이야기를 모두 들려주었다.

형이 하는 이야기를 모두 들은 조봉봉 전무는 할 말을 잃었다.

자신의 형이 지킴이란 단체에 가입되어 활동을 하고 있음을 알고는 있었다.

구체적으로 그들이 하는 일이 어떤 것인지는 모르지만 자신의 할아버지나 아버지도 지킴이란 단체에 가입되어 활동을 했다는 것을 알고 있는지라 조봉봉 전무도 자신의 형이 할아버지와 아버지처럼 그 단체에 가입된 것에 이의는 없었다.

그런데 오늘 그곳 회장의 부름에 지리산까지 내려갔다가 그곳 회장의 손자가 회사를 인수하고 싶다는 제안을 해 왔다는 말에 깜짝 놀랐다.

도대체 얼마나 돈이 많기에 회사를 인수하겠다는 말을 한 것인지 깜짝 놀란 것이다.

더욱이 인수를 한다는 사람이 이제 겨우 20살의 청년이란 말에 더욱 놀랐다.

그런데 놀랄 일은 그것만이 아니었다.

회사를 인수하겠다는 청년은 자신들의 자리를 보존해 주는 것뿐 아니라 회사가 회생할 수 있는 자금과 신약에 관한 제조법을 알려 준다는 것이다.

이 얼마나 놀라운 말인가? 겨우 20살 약관의 청년이 부도 직전의 회사를 인수하는 것뿐 아니라 회사가 살아나게 신약 제조법을 알려 준다니 참으로 경악할 일이다.

"그게 사실입니까?"

"그래, 너도 아버지 따라 몇 번 본 적이 있을 것이다."

조봉구는 자신의 동생에게 오늘 만난 사람이 누구고 또 회사를 인수하려는 사람이 누구인지 자세히 설명해 주었다.

그런 조봉구의 설명을 들은 조봉봉은 설마 자신이 다니는 회사를 인수하려는 사람이 자신도 알고 있던 청년이라고는 짐작조차 못했다.

그 때문인지 조봉봉의 눈은 급기야 약간 풀리며 공황상태에 빠졌다.

그런 동생의 모습에 조봉구도 자신이 현운사에서 성한을 만나 이야기를 나누고 한동안 저런 상태였음을 알고 있기에 현재 자신의 동생인 조봉봉 전무의 모습에 그저 그가 정신을 차릴 때까지 지켜볼 뿐이었다.

서울의 명물 남산타워 그 옆에 자리한 대한민국 최고의 호텔인 백제호텔 그곳은 최고라는 명성에 걸맞게 국내외 최고 명사들만 출입을 하는 곳이다.

객실 수만도 153개이고 특급 손님을 위한 펜트하우스와 스위트룸은 세계 어느 유수의 호텔에 비교해도 빠지지 않을 정도로 고급스러운 곳이다.

일반 객실의 이용료도 하루 투숙하는 데 들어가는 비용이 120만 원으로 웬만한 일류 호텔 스위트룸에 비견되는 가격이다.

그런데 일반 객실도 아니고 하루 숙박비만 3천만 원에 이르는 펜트하우스에 일단의 손님이 묵고 있었다.

그리고 그들은 벌써 펜트하우스에 투숙을 한 지 벌써 보름이 되었다.

"긴 상, 분명 그들의 돈줄을 다 막은 것이 확실합니까?"

"그렇습니다, 하야시 상무님."

김장근은 일본 대동제약 주식회사에서 온 하야시 곤스케 상무를 접대하기 위해 최선을 다하고 있었다.

대동제약 주식회사와 김장근이 근무하는 일신제약은 협업을 하는 관계이지만, 그건 겉으로 드러난 관계일 뿐, 사실 일신제약은 대동제약 주식회사에서 의약품을 사다 판매를 하는 정도의 회사이다.

즉 한국에서야 일신제약이 모회사인 일신그룹의 영향으로 제약회사 중에서는 상당히 큰 규모의 회사라고 하지만, 알고 보면 속빈 강정이나 마찬가지일 뿐이다.

그렇다 보니 전무인 김장근이 협력업체의 상무를 대접하는 지경에 이르렀다.

막말로 능력이 없으니 알아서 기는 수밖에 없는 것이다.

지금도 김장근은 하야시 상무가 지시한 일을 보고하고 있었다.

말이 접대지 대동제약 주식회사의 일은 그의 직장인 일신제약의 일보다 우선으로 처리해야 할 일이라, 하야시 상무가 출근도 하기 전에 그가 묵고 있는 호텔에 들려 그간의 일을 보고하는 것이다.

"흠, 그러면 지금쯤이면 그들의 자금줄이 꽉 막혔겠군요?"

"그렇습니다. 조은제약이 회생할 길은 어디에도 없습니다. 이미 저희가 손을 써 놔서 은행권은 물론이고, 사채 시장에서 자금을 구할 수 없습니다."

김장근의 말에 하야시는 안경을 살짝 고쳐 쓰며 미소를 지었다.

"비록 우리가 한국에 직접 제약회사를 운영하기는 하겠지만 그렇다고 일신제약과 협업을 중단하지는 않을 것이니 걱정할 것 없습니다."

하야시는 본사의 명령으로 한국에 제약회사를 건설하기 위해 파견되었다.

이는 일본이 발표한 약사법 때문이었다.

새해 들어 발표된 약사법에는 안정성이 확실하게 증명된 약이 아닌 이상 인체실험이 금지되게 개정이 되었다.

겉으로 보기에는 그게 옳은 소리 같지만 사실 신약을 개발하면서 그 약이 인체에 어떤 부작용이 있는지 알 수는 없는 게 문제였다.

아무리 동물실험에서 안정성이 입증이 되었다고 하지만 인체에 어떤 부작용이 나올지 알 수 없다는 소리다.

그런데 인체에 안전하다는 증명이 없으면 허가를 하지 않겠다는 말은 일본 내에서 의약품 실험을 하지 말라는 소리나 마찬가지였다.

어떻게 보면 법이 후퇴한 듯 보이지만, 이 내면에는 검은 의도가 숨어 있었다.

겉으로는 인간의 존엄성을 헤치는 실험을 막겠다는 것처럼 보이지만 외국에서 외국인을 대상으로 하는 실험에 관해선 어떤 내용도 담겨 있지 않았다.

즉, 약사법이 느슨한 국가에 가서 인체실험을 하라는 소리나 마찬가지다.

어찌 되었든 법이 그렇게 개정이 되었으니 대동제약 주식회사도 정부의 뜻에 따라 신약을 개발하려면 외국에서 실험을 해야만 했다.

그렇기 위해서 장소를 물색하다 기반이 있는 한국을 낙점했다.

물론 다른 나라도 대상이 될 수 있었지만 거리적으로 가까운 한국이 그 대상으로 딱이었다.

인권에 대하여 말로만 떠들지 법적으로는 그렇게 심각하지 않아 좋았다.

더욱이 적은 비용으로 유수의 기술자들을 확보할 수도 있다는 장점이 있었다.

한국의 의약 인력은 일본에 못지않은 실력을 가지고 있었다.

하지만 자금력이 약한 한국의 제약사들은 자본이 풍부한 다국적 기업에 밀려 신약을 개발하지 못하고 그들의 대리점이 되었다.

아무튼 하야시는 본사의 명령으로 한국에 대동제약 주식회사의 한국지사를 설립하려다 난관에 부딪쳤다.

그것은 생각보다 한국의 제약사들의 텃세가 심하다는 것이다.

더욱이 한국의 병원들도 자신의 회사에서 개발한 기기들을 수입하면서도 한국에 지사를 설립하는 것에 난색을 표했던 것이다.

그 때문에 생각해 낸 묘안이 바로 한국의 제약사 중 한 곳을 인수한다는 방법.

물론 자신들이 인수한다는 것을 모르게 해야만 했는데, 이때 도움을 준 것이 바로 일신제약이었다.

일신제약은 자신들과 협업을 하는 대동제약 주식회사에서 한국에 지사를 설립하려는 것을 알고 처음에는 난색을 보였지만, 대동제약 주식회사에서 당근을 제시하자 그들을 돕기로 하였다.

그리고 지사를 설립하기보단 한국의 제약회사를 인수하라는 아이디어도 그들이 제공을 했다.

그러면서 일신제약은 보다 적극적으로 대동제약 주식회사를 도왔다.

그것은 바로 평소 눈에 가시처럼 생각하던 조은제약을 음모를 꾸며 함정에 빠뜨린 것이다.

대동제약 주식회사의 입장에서도 조은제약은 참으로 먹음직스러웠다.

자신들이 생각하던 설비도 거의 대부분 갖추고 있을 뿐 아니라 규모도 딱 그들이 생각하던 크기였다.

크기가 작았다면 부지를 더 구입을 하고 또 신약을 개발하는 설비를 들여와야 하겠지만 일신제약의 음모로 최근 설비를 새로 들여와 규모를 늘린 조은제약은 하야시가 생각하기에도 적당한 먹잇감이었다.

그 때문에 조은제약이 자금난에 허덕일 때 하야시는 통역과 함께 조은제약을 찾아가 회사를 인수하겠다는 제안을 했던 것이다.

운을 떼 놓았으니 조만간 소식이 올 것이란 생각에 탁자 위에 놓인 샴페인을 들어 한 모금 하였다.

"그럼 조만간 소식이 오겠군."

"그렇습니다, 상무님."

전무이면서도 협력 업체 상무에게 아부를 하는 김장근의 표정에는 간도 쓸개도 빼놓은 간신의 표정이 역력했다.

"시간이 갈수록 그들에게는 불리할 것이니 조만간 연락이 올 것입니다. 그런데 한 가지 여쭤 봐도 되겠습니까?"

김장은 사실 조금 이해가 가지 않는 부분이 있었다.

그것은 굳이 이런 제안을 할 필요가 있었는가 하는 것이었다.

그냥 부도가 나면 나중에 은행과 타협을 하여 인수하면 더 적은 비용으로 회사를 인수할 수 있었는데, 굳이 찾아가 회사를 인수하겠다는 제안을 한 이유가 궁금해진 것이다.

그런 김장근의 질문에 하야시는 경멸적인 눈빛을 하며 잠시 김장근을 쳐다보다 얼른 신색을 바꾸며 미소를 지으며 질문에 답했다.

"그건 다름이 아니라 조은제약의 인력이 필요하기 때문이요. 물론 우리 대동제약 주식회사에도 인력이 충분하지만, 한국의 의약품 제조 인력의 기술력이 우리 일본인들 못지않게 뛰어나니, 적은 비용으로 그런 고급 인력을 충당할 수 있으면 좋은 일 아니겠소? 일본과 한국은 동맹인데 좋은 게 좋은 거라고……. 부도가 나는 회사 직원들까지 승계를 하면 우리가 한국기업을 인수한다고 해도 명분이 서지 않겠습니까?"

하야시 상무의 설명을 들은 김장근은 고개를 끄덕였다.

조은제약을 부도 위기로 몰아넣은 것이 자신들이면서 마치 고양이 쥐 생각해 주는 것처럼 말을 하는 하야시의 말에 김장근은 아첨을 하기 바빴다.

마치 일제강점기 시절 일본 순사에게 꼬리치는 조선인 출신 순사와 같은 표정이었다.

그런데 아이러니 하게도 김장근의 선대에 정말로 일본 순사의 밑에서 일했던 악질 조선인 출신 순사가 있었다.

비열한 웃음을 지으며 자신에게 연신 아첨을 하는 김장근을 내려다보며 하야시는 눈을 반짝였다.

수한은 회사에 월차를 내고 조은제약으로 향했다.

이미 조은제약 사장인 조봉구와 조은제약을 인수하기로 이면 계약을 하였기에 오늘은 대주주이자 고문으로 취임을 하기에 월차를 쓰고 이렇게 조은제약을 찾았다.

탁!

"어서 오십시오."

"아저씨! 왜 이러세요, 편하게 하세요."

조봉구는 수한이 차에서 내리자 깍듯한 존대를 하며 수한을 맞았는데, 그런 조봉구 사장의 모습에 당황한 수한이 편하게 대해 달라는 말을 하였다.

"대주주인데 그럴 수 있나요."

사실 지금 조봉구가 수한에게 존대를 하는 것은 수한을 놀리기 위한 조봉구의 조크였다.

그런 조봉구의 의도를 아직 눈치채지 못한 수한은 조봉구의 존대에 당황했다.

하지만 괜히 수한이 천재가 아니었다.

계속되는 조봉구의 존칭에 수한도 금방 그가 자신을 놀리고 있다는 것을 깨닫고 조봉구 사장의 장난에 장단을 맞췄다.

"그럼 조 사장이 행사장으로 안내를 해 보게."

자신의 놀림에 당황하던 수한이 언제 그랬냐는 듯 금방 자신의 말에 맞대응을 하자 이젠 조봉구가 당황하기에 이르렀다.

그런 조봉구의 모습에 수한은 미소를 지으며 대답했다.

"아저씨, 그러니 더 이상 놀리지 말고 어서 행사장으로 가요. 얼른 행사를 마치고 새로운 각오로 일을 시작해야죠."

수한의 말에 정신을 차린 조봉구는 미소를 지으며 앞장서 행사장이 준비된 강당으로 수한을 인도했다.

한편 이미 강당에 모여 있던 조은제약의 간부들은 긴장을 하고 새로 올 감사이자 대주주를 기다리고 있었다.

"송 과장, 이번에 취임하는 고문이 사실은 회사의 실질적인 주인이라면서?"

송승완 과장의 옆자리에 있던 김기남 과장은 자신이 들은 소문을 확인하기 위해 물었다.

그런 김기남 과장의 질문에 송승완은 조용히 고개만 끄덕였다.

이미 조은제약은 수한이 지불한 회사 인수비용으로 은행에서 돌아오는 만기 어음을 막았고, 또 그동안 회사가 은행이나 제2, 3금융권에 빌렸던 대출금도 모두 갚았다.

그리고 기존의 조은제약이란 상호를 버리고 라이프제약이란 상호로 회사명을 변경하였다.

그 과정에서 송승완 과장은 조봉구 사장을 수행하면서 회사를 인수한 주인의 정체를 알게 되었다.

당시 조봉구 사장을 따라 나선 송승완 과장은 설마 자신이 다니는 회사를 인수하는 사람이 20살의 젊은이라는 것에 깜짝 놀랐다.

그래서 당시 송승완은 수한이 잘 알려지지 않은 재벌가 사람이라고 생각을 했었다.

하지만 그렇지 않다는 것은 얼마 지나지 않아 조봉구 사장에게 들어 알게 되었다.

회사를 인수한 수한이 뛰어난 천재이며, 자신이 설계한 무기 설계도를 국내 방위산업체에 비싼 값에 판매를 한 그 판매금을 가지고 회사를 샀다는 말을 듣게 되었다.

참으로 말도 되지 않는 이야기였지만, 사장이 그렇게 말을 하니 믿을 수밖에 없었다.

하지만 송승완 과장이나 수한과 계약을 한 조봉구도 수한이 천하그룹 회장인 정대한 회장의 손자라는 것은 알지 못했다.

물론 그에게서 어떤 도움도 받지 않고 순수 자신의 능력으로 번 돈으로 조은제약을 인수하는 것이지만 말이다.

아무튼 회사 오너의 정체를 알고 있는 송승완 과장의 주위로 많은 간부들이 어떻게든 오너의 정체를 알기 위해 귀를 기울였지만, 그의 입에서는 어떤 정보도 알아낼 수 없었다.

그렇지만 이 자리에 있는 간부들 중 유일하게 수한의 정체를 알고 있는 조봉봉 전무의 표정은 굳어져 펴지지 않았다.

사실 그는 회사가 일본 기업에 팔리기를 기원했다.

만약 그렇게 된다면 한국의 조그만 중견회사가 아닌 전 세계에 이름 높은 제약회사의 간부로 있을 수 있기 때문이다.

대동제약 주식회사는 의약품만 생산하는 업체가 아니었다.

의약품에서부터 의료기기까지 생산하는 대규모 의약기업

으로 미국이나 유럽의 다국적 제약회사에 뒤지지 않는 엄청 큰 회사였다.

아니, 어떤 면에서는 그들보다 더 거대하다고 볼 수도 있었다.

아무튼 그런 대기업의 직원이 될 수 있는 기회를 걷어차 버린 형에게 조금은 불만이 있었다.

하지만 그렇다고 이제 와서 자신이 어떻게 할 수도 없었다.

쌀은 이미 익어 밥이 되었다.

그리고 가슴 한편으로는 어쩌면 잘되었다는 생각도 있었다.

솔직히 대기업 간부가 되는 기회가 사라져 아쉽기는 하지만, 그의 피 속에 독립운동을 하던 할아버지와 아버지의 피가 흐르고 있기에 어떤 면에서는 일본 기업에 넘어가지 않아 다행이라는 생각도 들었다.

그렇지만 그런 한편으론 걱정이 되기도 했다.

그런 대기업이 방해를 한다면 이제 겨우 회생하려고 준비를 하고 있는 회사가 더욱 깊은 수렁으로 빠질 수도 있기 때문이다.

이런저런 생각을 하고 있을 때 강당의 한쪽 문이 열리며 자신의 형과 젊은 청년이 들어오는 것이 보였다.

형의 옆자리에 서서 걷고 있는 청년은 언젠가 자신의 아버지와 지리산 암자를 찾았을 때 본 기억이 있는 청년이었다.

비록 청년이 어렸을 때 본 모습이지만 한눈에 청년의 정체를 알아볼 수 있었다.

빛을 빨아들이는 듯한 그 모습은 아무나 쉽게 표현할 수 있는 것이 아니다.

점점 다가오는 미남을 쳐다보며 다른 간부들도 수한의 모습에 감탄을 했다.

"허허, 회사 오너가 아니라 영화배우라고 해도 믿겠네!"

"그러게 말이야. 우리 회사 광고 모델은 다른 사람 쓸 것이 아니라 새로운 사장님이 하시면 매출이 배는 더 오르겠어."

"맞아. 한번 건의해 봐야겠군."

간부들은 조봉구와 함께 단상으로 걸어오고 있는 수한의 모습에 감탄을 하면 그렇게 중얼거렸다.

그런데 아직까지 간부들은 수한이 회사를 인수했다는 것은 알고 있지만 회사를 조봉구가 계속해서 운영하게 한다는 사실은 모르고 있었다.

오늘 이 자리도 수한이 고문으로 취임하는 자리가 아닌, 사장으로서 사장 취임 자리로 알고 있는 것이다.

원래는 먼저 취임 전 회사 간부들과 간단한 대면을 하고 취임을 해야 하겠지만 수한의 사정으로 그런 과정을 생략했다.

대체 복무로 근무를 하고 있는데, 시간을 따로 낼 수가 없었기 때문이다.

일반 직장은 주 5일 근무가 실행이 되고 있지만, 수한이 근무하는 연구소는 주 6일 근무를 하고 있기 때문이다.

즉, 일요일밖에 시간이 나지 않는다.

그런 관계로 오늘도 월차를 내고 시간을 빼 취임식을 갖는 것이다.

이런 사정으로 수한이 회사의 운영을 조봉구에게 일임한 것이고, 자신은 감사로서 조봉구가 회사를 제대로 운영을 하는지 확인만 하면 되는 시스템으로 한 것이다.

그럼으로써 자신은 시간을 벌고, 또 회사 직원들은 경영진이 바뀌는 혼란이 없이 업무의 연속성을 유지할 수 있어 좋았다.

더욱이 수한은 다른 관심분야 때문에 대학에서 경영에 관한 것은 공부하지 않았다.

굳이 자신이 아니더라도 세상에는 회사를 운영할 수 있는 능력이 있는 사람이 많이 있기 때문이다.

굳이 관심도 없는 분야에 시간을 허비하기에는 수한의 욕심이 너무도 많았다.

다른 사람이라면 한 가지만으로도 평생을 공부해야 하겠지만 수한은 뜻한 바가 있기에 많은 분야에 관심을 가지고 공부를 했다.

자신이 전생에 수련했던 마법과 연관이 있는 생물학이나 의학이나, 자신이 속한 나라를 강국으로 만들기 위한 물리학이나 전자공학 등 배워야 할 것이 많았기에 경영은 배우지 않았다.

"지금부터 조은제약에서 라이프제약으로 새롭게 태어난 것을 기념하는 기념식과 새롭게 고문이란 직책을 맡으신 정수한 고문님의 취임식을 하겠습니다."

오늘 행사의 사회를 맡게 된 송승완 과장의 말로 행사가 진행이 되었다.

회사명이 라이프제약으로 바뀌면서 혹시나 직원들이 불안해하는 것을 막기 위해 행사를 진행하면서 수한의 고문 취임식을 함께하기로 했다.

그래야 번거롭게 또 시간을 빼야 하는 것을 막은 것이다.

식은 순조롭게 진행이 되었고 이날 라이프제약으로 새롭게 태어난 조은제약의 직원들은 하루 업무를 쉬고 행사를 위해 준비된 음식을 즐겼다.

수한은 미국에서 공부를 하면서 많은 것이 한국과 미국이 다르다는 것을 깨달았다.

미국으로 떠나기 전 인터넷으로 알게 된 한국 사회는 수한이 보기에도 불합리한 점이 많았다.

일개미마냥 죽어라 일을 해도 그들에게 돌아가는 것은 겨우 먹고 살 정도의 월급이었다.

기업이 살아야 경제가 살고 나라가 산다는 말도 되지 않는 구호를 외치지를 않나, 아파야 청춘이라는 말도 되지 않는 주장을 하며 젊은 인재들의 희생을 마치 당연한 것처럼 여겼다.

하지만 미국에서 공부를 하며 알게 된 미국 사회는 그렇지 않았다.

기업을 살리기 위해 직원들의 희생을 강요하는 것이 아니라 회사가 먼저 직원들의 복지를 위해 우선 나섰다.

그런 속에서 직원들은 자신이 속한 회사에 소속감을 느끼고 자부심을 느껴 더욱 회사를 위해 일을 하였다.

일을 열심히 하는 것이 회사뿐만이 아니라 자신에게 그 혜택이 돌아온다는 것을 알기 때문이다.

그런데 한국의 회사들은 그렇지 않았다.

직원들의 희생을 당연시 여기면서 그런 희생을 하는 직원들의 복지를 위해 어떤 보상도 이뤄지지 않고, 달콤한 열매는 소수만이 누리고 있었다.

일부는 그런 열매를 해외로 빼돌려 호화생활을 하거나 불법 비자금을 만들어 더욱 많은 돈을 벌어들였다.

수한은 이런 부도덕한 기업 오너들을 경멸했다.

사회 각 구성원은 그만의 역할을 해야 한다 생각하는 수한은 기업은 기업대로 그 나라에 차지하는 역량에 따른 역할을 해야 한다.

구성원의 희생만 강조할 것이 아니라 번 만큼 베풀어야 한다.

그래야 그 사회 구성원들은 더욱더 자신의 소속에 소속감을 느끼고 더욱 열심히 일을 하기 때문이다.

그렇기에 수한은 오늘 비록 고문이란 자리에 취임을 하지만 실질적인 회사의 주인으로서 미국에서 보고 느낀 것을 작게나마 실천을 하려는 것이다.

'이제부터 시작이다.'

수한은 취임식이 끝나고 시작된 파티장을 돌아다니며 회사 간부들과 안면을 익혔다.

비록 자주 회사를 찾지는 못하겠지만 간부들의 얼굴은 알아 둬야 하기 때문이다.

5.
다시 시작되는 악연

와장창!

무언가 부셔지는 소리가 국내 최고급 호텔인 백제호텔의 펜트하우스에서 울리고 있었다.

"바가야로!"

대동제약 주식회사 상무인 하야시는 이성을 잃고 자신의 손에 잡히는 것들을 주변에 던지며 광분을 하고 있었다.

지사 설립이라는 임무를 띠고 현해탄을 건너왔다.

이미 자본적으로 많은 부분 잠식하고 있는 한국이다 보니 처음에는 무척이나 쉬운 임무라 생각했었다.

하지만 막상 한국에 들어와 뚜껑을 열어 보니 사실은 그렇지 못했다.

한국은 경제적으로 일본에 많은 부분 의존을 하고 있지만 이상하리만큼 외국자본에 아니, 일본이나 중국 회사가 한국에 지사를 설립하는 것을 꺼려했다.

물론 텃세가 있을 것은 예상을 하였다.

그렇지만 돈이면 모든 것을 해결할 수 있을 것이란 생각에 한국 공무원들에게 로비도 하고 또 한국 국회의원에게 후원금도 살포하며 텃세에 맞섰다.

그렇지만 그런 하야시의 시도는 보기 좋게 실패를 하였다.

그렇게 본사에서 내려온 임무에 실패를 하는 것은 아닌가, 하던 찰나 한국의 협력업체인 일신제약에서 솔깃한 제안이 들어왔다.

한국의 특성상 외국회사가 직접 지사를 설립하는 것에 민감하니 조금은 부실한 한국의 회사를 인수해 운영하는 것은 어떠하냐는 의견이었다.

하야시 본인이 생각하기에 참으로 참신한 의견이었다.

그렇게 하는 게 텃세도 피하고 비밀리에 실험을 하는 일이 나중에 걸리더라도 일본이 욕먹지 않겠다는 생각에 그 의견을 받아들였다.

물론 그 때문에 그런 아이디어를 준 일신제약에 약간의 보상을 주긴 했지만 그건 나중에 자신들이 거둬들일 결실에 비하면 조족지혈이었다.

계획은 순조롭게 진행이 되었다.

조만간 작업을 하던 한국의 제약회사가 자신의 수중에 들어올 찰나였다.

하지만 한순간의 방심으로 그동안의 노력이 수포로 돌아가고 말았다.

그토록 성공을 장담하던 일신제약 전무의 약속은 공염불이 되었다.

"상무님 진정하십시오."

보다 못한 하야시 상문의 비서인 료코가 진정을 시키려 했다.

하지만 벌써 한국에서 두 번의 실패를 본 하야시의 분노는 쉽게 가라앉지 않았다.

"진정? 지금 내게 진정하라고 하는 것인가?"

붉게 충혈 된 눈으로 자신을 만류하는 위해 나서는 료코를 보며 낮게 으르렁거렸다.

비서이자 내연녀인 료코지만 지금 이 순간만은 그녀의 말이 귀에 들리지 않았다.

그만큼 하야시 상무의 분노가 컸다는 반증이었다.

"조금 뒤 일신제약의 김장근 전무가 도착을 할 것입니다."

료코는 비서로서 하야시 상무의 스케줄을 꿰고 있었다.

조금 뒤 대동제약 주식회사의 한국 협력업체 일신제약의

전무인 김장근이 하야시 상무를 찾아온다는 것을 자신의 상관에게 상기시켰다.

김장근 전무가 온다는 말에 하야시는 눈은 불똥이 튀었다.

이 모든 일이 김장근의 안일한 대처 때문이라 생각한 하야시는 낮게 중얼거렸다.

"그자가 온다는 말이지? 일을 망쳐 버린……."

하야시는 얼마 전 호언장담하던 김장근의 모습을 떠올리며, 이번 조은제약 인수 실패의 원인을 그에게 떠넘겼다.

하지만 사실은 김장근에게는 아무런 잘못이 없었다.

그는 자신이 할 수 있는 모든 수단을 동원해 하야시를 도왔다.

그런데 하야시는 이번 일의 실패를 모두 그에게 뒤집어씌우고 있었다.

하긴 하야시 상무도 현재 제대로 된 판단을 할 겨를이 없었다.

두 번에 걸친 실패로 그 자신도 잘못하면 해고될 위기에 처했기 때문이다.

첫 번째 실패 때도 그렇지만 이번 두 번째 시도 또한 많은 돈과 시간을 허비했기 때문이다.

작은 결실이라도 있었다면 명분이라도 있을 것인데 돈을 쓰고 귀중한 시간까지 허비한 지금 하야시 상무 역시 잘못하면 해고통지를 받을 수 있었다.

아니 귀국하면 해고를 피할 수 없을 것이 분명했다.

어떻게든 이번 실수를 만회하기 위해선 무슨 수를 써서라도 한국에 지사를 설립하든가, 아니면 자신을 대신 희생할 희생양이 필요했다.

협력업체라고 하지만 일신제약은 대동제약 주식회사와 싸움을 한다면 결코 무사할 수 없다.

비록 그들이 한국의 대그룹인 일신그룹 계열이라고 하지만, 일신그룹이라고 해도 대동제약 주식회사와 척을 져서는 정상적으로 영업을 할 수 없다는 것을 잘 알고 있는 하야시였다.

조금 뒤 자신을 찾아올 김장근 전무를 자신의 희생양으로 삼아도 일신제약에서 별다른 말이 나오지 않을 것이라 예상했다.

물론 일신제약에서 김장근 전무를 희생하는 대신 자신에게 뭔가를 요구할 것이 분명하지만 일단 자신이 살아야 하지 않겠는가.

하야시는 료코의 말에 하던 행동을 멈추고 쇼파에 앉아 뭔가를 골똘히 생각을 하였다.

그런 하야시의 모습에 료코는 조용히 지저분한 주변을 정리하기 시작했다.

◆　　　◆　　　◆

　　수한은 조봉구 사장의 전화를 받고 라이프제약으로 이름을
바꾼 회사로 달려갔다.

　　비록 피곤하기는 하지만 제약사의 주인으로서, 또 자신이
준 제조법으로 만든 외상치료제 시제품을 살펴보기 위해서라
도 가야만 했다.

　　시제품이 만들어진 회사 연구실에 들어서니 많은 사람들이
수한을 기다리고 있었다.

　　"이겁니까?"

　　수한은 시제품이라고 나와 있는 치료제를 들어 보았다.

　　작은 밀폐용기에 담겨 있는 말 그대로 시제품이다.

　　그런데 그것을 만들어 낸 연구원들의 표정은 무척이나 기
대에 차 있는 표정이었다.

　　수한은 그런 연구원들의 모습을 보면서 눈을 반짝였다.

　　연구원들의 표정을 보니 효과는 어느 정도 기대 이상인 듯
보였다.

　　하지만 수한은 자신이 준 제조법으로 만들어진 외상치료제
인 만큼, 효과가 있는 것인지 살피기 시작했다.

　　치료제의 효과를 실험하기 위해 실험용 흰 쥐가 한쪽 옆에

준비되어 있었다.

수한은 그런 실험용 쥐의 몸에 상처를 내고 준비된 외상치료제를 상처 부위에 적정량 도포하였다.

찍! 찌직!

몸에 상처가 나자 쥐는 고통을 호소하였다.

하지만 곧바로 치료제가 상처에 닿자 고통에 찬 비명 소리가 줄어들었다.

그렇게 상처를 입었던 쥐의 고통에 찬 비명이 줄어들면서 상처가 아물기 시작했다.

그리고 1시간여가 지나자 1cm크기의 상처가 작은 흔적만 남기고 치료가 되었다.

수한은 그런 과정을 모두 살펴보며 입가에 미소를 지었다.

한편 수한이 하는 모습을 지켜보던 연구원이나 조봉구 사장은 긴장을 하고 보고 있는데, 수한이 미소를 짓자 모두의 얼굴이 펴지기 시작했다.

수한의 입가에 머금은 미소에서 그가 만족을 하고 있다는 것을 느낄 수 있었기 때문이다.

"좋군요."

"야호!"

"와!"

수한이 실험용 쥐에게서 시선을 떼고 좋다고 하자 연구원들은 그동안 여러 가지 실험을 하면서 겪었던 고통이 한순간에 날아가는 듯한 느낌을 받아 자신도 모르게 환호성을 질렀다.

왜 아니 그렇겠는가.

비록 완성된 제조법이라고 하지만 그것을 이런저런 비율을 달리하며 연구하여 최적의 상태를 만들어 제품화 하는 것은 모두 이곳에 있는 연구원들의 몫이었다.

즉, 수한은 대학에서 박사 학위를 받기 위해 실험에 성공한 실험식을 넘겨준 것이고 연구원들은 그런 실험식을 가지고 상용화를 하기 위해 노력한 것이다.

비록 수한이 준 실험식이 바로 상용화를 해도 될 정도로 완성도가 높은 것이지만, 제약사라는 것도 엄밀히 따지면 이윤을 내기 위한 회사다.

그러니 완성된 제조법이라고 하지만, 그것을 가지고 그냥 무턱대고 제품을 생산하기보다, 더 적은 재료로 가장 효과적인 조합법을 만들어 내야 한다.

그렇게 완성된 조합법으로 생산 단가와 판매 비용을 결정할 수 있는 것이다.

그렇기 위해서 연구원들은 수한이 준 제조법을 참고로 많은 실험을 하였다.

그 때문에 희생된 실험용 쥐도 꽤 많이 발생했지만 오늘에야 최적의 외상치료제의 조합법이 완성되었다.

그리고 그 시제품이 제조법의 주인인 수한에게서 합격 통보를 받은 것이다.

즉, 라이프제약의 연구원들은 오늘 회사의 주인이자 감사인 수한에게 시험에 통과하고 자신들의 존재를 입증시킨 것이다.

사실 연구원들은 그동안 알게 모르게 마음고생이 심했다.

회사가 어려워진 게 자신들의 잘못인 것만 같았기 때문이다.

아무리 병원이나 다른 제약사에서 음모를 꾸며 함정으로 자신들을 몰았다고 하지만, 자신들이 개발한 의약품이 다른 제약사들에 비해 아주 뛰어났다면 병원에서 감히 그런 음모를 꾸미지 못했을 것이란 생각 때문이었다.

병원이야 어차피 제약사 별로 비슷한 성분의 의약품이 생산되기에 환자의 치료에 어떤 제약사의 약을 쓸 것인지는 그들의 재량이다.

그런데 만약 다른 제약사에서 생산한 비슷한 제품보다 훨씬 뛰어난 치료제를 만들었다면 그런 시도 자체를 하지 못했을 것이기 때문이다.

그 때문에 수한이 제조법이 담긴 조합식을 내놓았을 때는 조금 자존심에 상처를 입기도 했다.

20대의 젊은 감사가 박사 학위를 받기 위해 대학에서 연구했다는 조합식이니 더욱 그랬다.

이곳 연구소에 있는 연구원들은 모두 박사나 석사의 학위를 가진 이들이었다.

그런데 그런 이들에게 적게는 10살에서 많게는 20살 이상 어린 수한이 조합식을 주었으니 아니 그러겠는가.

처음 조합식을 받은 연구원들은 수한이 자신들을 시험하려는 것으로 받아들였다.

하지만 그런 초기의 생각은 금방 사라졌다.

수한이 알려 준 조합식으로 만든 외상치료제는 기존의 치료제보다 최소 10배는 더 뛰어난 치료제였다.

일반 외상은 물론이고 화상치료에도 탁월한 효능을 보였던 것이다.

그때부터 연구원들의 마음가짐은 바뀌었다.

나이는 비록 자신들보다 한참 어리지만, 뛰어난 의학박사라는 것을 깨달은 것이다.

그리고 그런 사람이 알려 준 조합식을 판매에 적합하게 만드는 것은 자신들에게 내려진 시험이라 생각하기에 이르렀다.

그래서 죽기 살기로 실험에 매달렸다.

퇴근도 늦춰 가며 실험에 매달린 결과 이렇게 처음 조합식을 알려 준 주인에게 인정을 받은 것이다.

그러니 아니 기쁠 수 있겠는가.

그런데 이런 기쁨도 잠시, 수한의 한마디에 연구원들의 낯빛이 바뀌었다.

"신제품 외상치료제도 완성이 되었으니 이번에는 사람들의 건강을 지켜 주는 자양강장제를 연구해 보도록 하죠."

"네? 자양강장제요?"

"예. 국민 자양강장제인 박카D를 능가하는 라이프제약만의 최고급 자양강장제 말입니다."

수한은 말을 하면서 품에서 메모리 칩을 연구원들 앞에 꺼내 놓았다.

메모리 칩 안에 들어 있는 것은 수한이 전생의 기억을 토대로 작성한 내용이 들어 있다.

이케아 대륙의 대마도사가 되기 위해 연구했던 것들 중 일부가 들어 있는 것이다.

수한—제로미스—는 대마도사가 뒤기 위해 다른 마법사들과 다르게 인간의 생명연장을 위한 연구를 하였다.

이는 어떻게 보면 네크로멘서의 연구와 어느 정도 접점이 있어, 잘못하면 인간의 생명을 가지고 장난을 치는 네크로멘서로 오해를 받을 수도 있는 것이었다.

그렇기에 수한이 수십 년을 인적 없는 산속에서 홀로 연구를 한 것도 이런 이유도 있었다.

아무튼 그때의 연구 자료 일부를 활용해 현대의 자양강장제와 비슷한 효과를 내는 약물을 생산하기 위해 제조법을 정리했다.

그리고 그것을 지금 라이프제약의 연구원들에게 내놓은 것이다.

연구원들이 또 다른 일거리에 경악하고 있을 때 그들과 조금 떨어진 자리에 있던 조봉구 사장은 눈을 반짝였다.

이미 오후에 연구실에서 외상치료제 시제품이 완성되었다는 보고를 받고 수한 보다 몇 시간 먼저 신제품의 효능을 보았다.

이 외상치료제의 효능은 단순 외상치료에 그치는 것이 아니라 마케팅을 어떻게 하느냐에 따라서는 기존의 외상치료제와 별개로 판매할 수 있을 정도로 뛰어났다.

그 말이 무슨 말인가 하면, 상처가 기존 치료제에 비해 단순 빠르게 치료되는 것에 그치지 않고 흉터도 작았다.

웬만한 상처쯤은 흉터도 남지 않고 아물었다.

이런 것을 보면 만약 이 외상치료제를 성형외과와 연결하여 판매를 한다면 엄청난 효과를 볼 것이 분명했다.

흉터가 남지 않는 치료제가 있다면 그들이 쓰지 않을 리가 없었다.

또 외과 치료에서 가장 고민하는 부분이 바로 수술 후 남는 흉터 자국이다.

남자라면 흉터쯤이야 하면서 웃어넘길 수 있지만 여자들은 그렇지 않다.

작은 흉터에도 신경 쓰고 스트레스를 받는 것이 바로 여자다.

미를 위해서라면 뼈를 깎는 고통도 참는 것이 여자이지만 작은 생채기에도 속상해하는 것이 바로 여자.

뿐만 아니라 어린아이들의 상처도 그렇다.

그것을 보는 부모의 마음은 찢어지는 것이다.

그렇기 때문이 이 획기적인 외상치료제는 시판되면 불티나게 팔릴 것이 분명했다.

어쩌면 자신을 함정에 빠뜨렸던 제약사들이 이 외상치료제 하나로 곤경에 처할 수도 있었다.

그런데 이런 획기적인 제품의 기초를 알려 준 수한이 또 다른 것을 내놓은 것이다.

조봉구의 입장에서 수한이 하나하나 내놓는 것이 모두 돈 덩어리로 보였다.

비록 속물은 아니지만 한 번 어려움을 겪은 뒤로 돈의 소중함을 여실히 깨달은 조봉구였다.

그러니 돈이 될 것이란 예상이 되자 눈을 반짝인 것이다.

"하지만 이건 외상치료제와 다르게 복용하는 것이기 때문에 조합식을 변경하는 것을 금합니다. 무슨 말이냐 하면, 이 안에 들어 있는 성분의 물질들의 순서에 맞게 재료를 조합해야 한다는 말씀입니다. 임의로 순서를 바꾸게 된다면 큰 위험을 초래할 수 있습니다."

수한은 메모리칩을 연구소 소장에게 넘기며 주의를 주었다.

외상치료제와 다르게 방금 준 자양강장제 조합식에 대해 경고를 했다.

그런 수한의 주의에 젊은 연구원들은 알 수 없다는 표정으로 의문을 표했지만 나이 많은 연구원들은 뭔가 눈치를 챘는지 고개를 끄덕였다.

"여기 담겨 있는 자양강장제는 성분들의 효과를 모아 최고로 만드는 것이 아니라, 재료 각각의 화학작용으로 최종적으로 효과를 내는 것입니다. 무슨 말인고 하면……."

수한은 자신이 하려는 말을 자세히 풀어 설명을 하였다.

즉 차례로 재료를 조합하다 보면 단계별로 새로운 물질이 만들어지는데, 만약 조합의 순서를 임의로 바꾸게 되면 최종적으로 만들어지는 물질이 원래 계획하던 물질이 아닌 엉뚱한 것으로 변한다는 것이었다.

"그렇게 만들어진 물질은 자양강장 효과가 없는 것에서부터 먹으면 인체에 해가 되는 물질까지 다양합니다. 그러니 꼭 메모리칩에 있는 조합 순서대로 제조해야 합니다."

연구원 중 한 명이 수한의 설명을 듣고 질문을 했다.

"그럼 순서만 맞는다면 용량은 상관이 없습니까?"

연구원의 질문을 받은 수한은 고개를 흔들었다.

"아닙니다. 이번 자양강장제는 제가 드린 조합식에 맞는 용량을 그대로 적용을 해야 합니다. 조금 전에도 말씀 드렸지만 조합을 하면서 만들어지는 물질이 용량에 따른 다른 성분을 만들어 냅니다. 그러니 절대로 조합식에 나온 용량도 변경해서는 안 됩니다. 다만 완성된 물질에 대해선 희석이 가능합니다."

"완성된 물질에 한해서만 희석이 가능하다는 말씀이십니까?"

"네, 사실 여기 담긴 내용대로 제품을 만든다면 영화 속 히어로도 가능할 것입니다."

수한은 농담처럼 말을 하기는 했지만 사실 수한이 메모리 칩에 넣어둔 조합식의 물질은 바이탈리티―활력― 포션이었다.

이 바이탈리티 포션을 신체 장기에 활력을 불어 넣는 것은 물론이고 장복하게 되면 끊임없는 스태미나를 가지게 된다.

별다른 훈련을 하지 않으면서도 꾸준히 운동을 한 사람과 같은 효과를 낼 수 있는 것이다.

이케아 대륙에서는 이 때문에 비싼 가격으로 귀족들이 마탑에서 구입을 하기도 했다.

아무튼 수한도 원액 그대로 판매를 하기에는 이 바이탈리티 포션이 적합하지 않다고 생각하고 있었기에 희석해도 된다는 말을 첨부한 것이다.

사실 들어가는 재료를 보면 눈이 돌아갈 정도로 귀한 재료가 들어가기 때문이다.

물론 나중에 자신에게 시간이 나게 된다면 조금은 싼 가격의 재료를 연구해 볼 생각이었다.

하지만 그건 나중에 현재 자신이 시간이 없는 관계로 기존에 알고 있는 자료만 정리해 넘겨준 것이다.

"잘 알겠습니다. 이건 조합식대로만 완성하면 되는 것이니 이전 외상치료제보단 단시간 내에 만들 수 있을 것 같습니다."

"네, 이것과 그것은 라이프제약이 새롭게 세상에 나가는 시금석이 될 것입니다."

수한의 말이 떨어지기 무섭게 연구원들은 물론이고 이를 지켜보던 조봉구 사장까지 눈이 붉어지기 시작했다.

그동안 자신들의 받아 오던 부당한 대우가 생각났기 때문이다.

약속만 믿고 시설을 확장했다가 자금 부족으로 어려움을 겪으며 당했던 그 부당함은 이루 말할 수 없는 고통이었다.

하지만 그것도 이제는 먼 과거의 일이 되었다.

만약 지금 저 앞에 있는 물건과 새롭게 앞으로 나올 자양강장제만으로도 이전 조은제약이 잘 나갔을 때보다 몇 배는 더 사세가 확장이 될 것이란 자신감이 들었다.

◆　　◆　　◆

백제호텔 펜트하우스 내 작은 회의실

고풍스럽고 차분한 분위기를 연출하는 인테리어와 다르게 분위기는 무척이나 삭막했다.

"제게 그렇게 장담을 하더니 어떻게 된 일입니까?"

"죄, 죄송합니다."

"죄송? 이게 죄송하다고 말하면 끝나는 문제입니까? 김 상의 장담 때문에 제가 어떤 처지에 놓인 것인 줄이나 아십니까?"

하야시는 눈앞에 보이는 김장근의 모습에 낮게 으르렁거렸다.

마음 같아서는 요절을 내고 싶은 마음이 굴뚝같지만, 지금 자신의 앞에서 비굴한 모습을 보이고 있는 사람은 자신의 부하가 아닌 협력 업체의 간부였다.

비록 자신이 다니는 대동제약 주식회사의 하청업체나 마찬가지인 일신제약의 전무이사라는 직함을 가지고 있기에 이 이상 자신의 기분대로 처리할 수는 없었다.

"이번 일은 정말이지…… 제가 끝까지 살피지 못한 잘못이 있기는 하지만 저도 어쩔 수 없는 일이었습니다."

억지로 자신의 마음을 추스르고 있던 하야시의 귀에 김장근 전무가 변명을 하는 것이 들렸다.

솔직히 김장근의 입장에선 억울한 면이 없지 않았다.

자신의 영향력은 물론이고, 모기업인 일신그룹의 힘까지 빌려 은행까지 압력을 넣어 자금줄을 막아 버렸다.

그리고 더 나아가 사채 시장에 소문을 퍼뜨려 자금을 융통하지 못하도록 만들었다.

그 정도면 충분히 자신의 일은 다 한 것이나 마찬가지였다.

하지만 옛말에 모사재인(謀事在人) 성사재천(成事在天)이라고 했다.

이 말은 일은 사람이 꾸미지만 일은 하늘이 정한다는 말이었다.

자신은 할 도리를 모두 했지만 뜻하지 않게 엉뚱한 사람이 나타나 하야시 상무가 아니, 대동제약 주식회사가 노리던 제약회사를 사들인 것이다.

그래서 자신들이 노리던 제약회사를 사들인 자가 누군지 그 정체를 밝히려 하였지만 밝혀진 정체는 참으로 황당하였다.

이제 겨우 약관 20살의 청년이었기 때문이다.

그렇다고 그 청년이 재벌가의 후손도 아니었다.

어디서 그런 엄청난 돈이 나온 것인지 알 수는 없지만 상당한 천재라는 사실만이 알려졌다.

그리고 은밀히 알게 된 정보인데, 자신들이 그렇게 가지려고 음모를 꾸몄던 회사가 라이프제약으로 바뀐 후 획기적인 외상치료제가 개발이 되었다는 것이다.

기존 외상치료제와는 엄청난 차이를 보이는 것으로 알려졌다.

더욱이 극비 프로젝트이지만 또 다른 신약이 개발되고 있다고 했다.

물론 그런 것은 중요한 것이 아니었다.

신약이란 게 개발하고 싶다고 개발되는 것도 아니고, 또 당장 시판을 할 수 있는 물건도 아니었다.

하지만 놓친 물고기가 크다고 했던가.

김장근이나 하야시의 입장에선 자신들의 음모에서 벗어난 라이프제약이 너무도 아까운 생각이 들었다.

자신들의 뜻대로 일이 진행이 되었다면 그 모든 것이 자신들의 것이란 생각이 들자 더욱 그랬다.

특히나 욕심 많은 김장근의 입장에선 자신이 주도적으로 움직였으니 협상을 통해 대동제약 주식회사에서 많은 뒷돈을 받을 수도 있었던 일이다.

하지만 결과적으로 계약은 물 건너가 버렸다.

자금줄을 막았지만 새로운 물주가 나타나 위기에 처한 조은제약을 인수하였다.

더욱이 얼마나 자금줄이 탄탄한지 어음 만기일은 물론이고, 은행의 부채까지 상당 부분 갚아 버렸다.

이 때문에 더 이상 은행에 어떻게 손을 쓸 수가 없었다.

더군다나 은밀한 방법으로 알아보니 조은제약을 인수한 그 청년이 자금을 형성한 것도 불법적인 면이 없이, 정상적으로 자금을 운영했기에 비집고 들어갈 흠이 보이지 않았다.

이런 생각을 하고 있는 김장근이지만, 하야시 상무는 그런 그의 말을 들어 줄 수가 없었다.

만약 김장근의 이야기를 그대로 들어 줄 경우 자신의 입장이 참으로 난처해지기 때문이다.

이대로 일본으로 돌아간다면 자신의 미래는 빤했기 때문이다.

"그걸 지금 변명이라고 하는 것이오? 그렇게 나온다면 나도 할 수 없지……."

하야시는 차가운 눈빛으로 김장근에게 은근한 말투로 협박을 했다.

비록 구체적으로 어떻게 하겠다는 말은 하지 않았지만 그 속에 담긴 의미를 김장근이 못 알아들을 정도로 아둔하지도 않았다.

"상무님! 다른 대안을 구해 보겠습니다. 그러니 조금만 더 시간을 주십시오."

"시간을 더 달라는 것입니까?"

"예, 일단 다른 제약사를 알아보겠습니다. 한국에는 조은 제약 말고도 조금만 손을 쓰면 금방 하야시 상무님이 원하시는 정도의 제약사를 찾을 수 있습니다."

김장근은 얼른 하야시의 분노를 가라앉히기 위해 자신이 생각할 수 있는 최고로 머리를 굴려 그가 원하는 이야기를 들려주었다.

현재 하야시에게 가장 중요한 것은 조금이라도 빨리 한국에 자신들의 꼭두각시가 될 위장 제약사를 만들어야 하는 것이다.

그러한 사정을 알고 있는 김장근으로서는 이미 물 건너간 라이프제약은 차치하고 새로운 먹이를 하야시에게 넘겨줘야 했다.

어차피 한국의 제약회사들의 형편을 누구보다 잘 알고 있는 김장근이기에 하야시에게 새로운 먹이를 던져 주는 것은 무척이나 쉬운 일이었다.

"그곳이 어디지?"

하야시는 시간이 얼마 없음을 잘 알기에 마음을 진정하고 물었다.

그런 하야시의 반응에 김장근은 눈을 반짝이며 입을 열었다.

"동양제약이라고……. 규모는 조은제약보다 조금 작고 또 재무 구조가 조은제약보다 탄탄하기는 하지만, 저희 일신에서 약점을 잡고 있으니 대동제약 주식회사에서 손을 내민다면 회사를 팔 것입니다."

김장은은 마른침을 삼키며 어떻게든 하야시의 마음을 돌리기 위해 애를 섰다.

"인가와 떨어져 있어 민원이 들어올 일도 없고 진입도로가 가까워 물류 이동에도 조은제약보다 좋은 입지조건을 가지고 있습니다. 그러니……."

참으로 비굴한 모습이었다.

아무리 하야시가 몸담고 있는 대동제약 주식회사가 그가 속한 일신제약에 비해 큰 회사이고 또 신약을 공급해 주는 갑의 입장에 있는 회사라고 하나, 대한민국에서 대그룹인 일신그룹의 계열사의 전무이사라는 자의 행동치고는 너무도 비굴한 모습이 아닐 수 없었다.

한편 김장근의 이야기를 들은 하야시도 어느 정도 분노가 가라앉았다.

어차피 이미 떠난 버스였다.

죽은 자식 불알 잡는다고 기회를 놓친 조은제약에 계속해서 미련을 둘 필요는 없었다.

대동제약 주식회사의 입장에서 굳이 조은제약이 아니더라도 한국에 자신들의 신약을 실험 할 수 있는 장소만 마련하면 되는 것이니 다른 회사를 물색해도 충분했다.

"좋아, 이번에도 이런 일이 반복이 된다면 그땐 내 인생을 걸고라도 당신을 가만두지 않을 거야!"

하야시의 경고에 김장근은 얼른 고개를 숙이며 자신에게 기회를 준 하야시에게 감사의 인사를 하였다.

"다시 한 번 제게 기회를 줘, 감사합니다."

만약 제삼자가 봤다면 김장근이 왜 하야시에게 감사를 하는지 모를 일이었다.

자신의 직속상관도 아닌 그저 협력업체의 이사에게 이리도 고개를 숙이며 비굴하게 구는 김장근의 모습은 납득이 가지 않았다.

하지만 일신그룹이나 일신그룹의 사정을 알고 있는 상위

경영진에 속하는 이들이라면 충분히 납득이 하는 행동이었다.

일신그룹 자체가 일본의 자금으로 세워진 회사였다.

그리고 일본의 비호로 성장한 회사이다 보니 일신그룹의 임원들은 일신그룹과 협업을 하고 있는 일본 기업들에게 눈치를 보지 않을 수 없었다.

오너인 회장 일가가 1년에 한 번씩 일본에 누군가에게 찾아가 인사를 한다고 하는 것은 일신그룹에 속한 경영진들에게 공공연한 비밀이었다.

비록 계열사이긴 하지만 일신제약의 전무이사라는 직함을 가지고 있는 김장근도 일신그룹의 비밀을 어느 정도 알고 있었다.

그렇다보니 대동제약 주식회사와 일신그룹의 관계를 정확하게는 알지 못하지만 그에 속하는 하야시 상무에게 고개를 숙이는 것이다.

그룹차원에서 도움을 주라는 공문이 내려왔으니 당연한 결과였다.

비록 김장근이 전무라는 하야시의 상무라는 직급보다 높기는 하지만, 외부로 보이는 직급 차이는 소용이 없었다.

겉으로야 일신제약에 협업하는 대기업인 대동제약 주식회사의 상무이기에 고개를 숙이는 것처럼 보이지만 안으로 들

GREAT
그레이트 코리아
KOREA

여다보면 그룹차원에서 어떤 비밀이 있었다. 그리고 김장근은 그런 비밀을 약간이나마 알고 있다.

"그건 그렇고 이번 우리의 노력을 수포로 돌아가게 만든 자를 도저히 용서할 수가 없군요."

하야시는 일단 김장근에게 기회를 주기로 했으니 그 문제는 일단 넘어가기로 했다.

하지만 그렇다고 자신의 일을 방해한 자를 용서한 것은 아니었다.

재주는 곰이 부리고 돈은 왕서방이 챙긴다고 했던가.

조은제약의 재무 상태를 악화시켜 회사의 가치를 바닥으로 떨어뜨려 놨더니 엉뚱한 놈이 나타나 회사를 먹어치웠다.

하야시의 입장에서 자신은 돈만 쓰고 시간 낭비에, 엉뚱한 놈에게 잘 차려진 정찬을 헌납한 꼴이었다.

그건 하야시의 성격상 도저히 참을 수 없는 일이었다.

더욱이 하찮게 여기는 한국인에게 뒤통수를 맞았다는 것이 그의 자존심을 건들인 것이다.

"그렇습니다, 하야시 상. 저도 그놈을 도저히 용서할 수가 없습니다."

"그렇지요. 남의 것을 가로채면 안 된다는 것을 알려 줘야 합니다."

두 사람은 이제는 조금 전과 다르게 자신의 일을 방해한 누군가에 대한 일로 의기투합을 하였다.

"따끔한 교훈이 필요할 것입니다."

김장근은 그렇게 중얼거렸다.

좋은 집안, 좋은 학벌, 그리고 대한민국에서 손에 꼽는 일류그룹의 계열사 전무이사라는 입지적인 자리에 올라와 있는 그였다.

그런데 어디 듣도 보도 못한 어린놈이 나타나 방해를 했다.

그 때문에 자신은 로열 클럽에 다가갔던 위치에서 한순간 깊은 수렁으로 떨어질 뻔하였다.

김장근의 입장에선 자신을 위기로 몰아넣은 수한이 도저히 용서가 되지 않았는데, 그런 자신의 입장에 맞장구를 쳐 주는 하야시의 반응에 절로 흥이 나 소리쳤다.

김장근이 흥분해 소리치는 것에 하야시는 눈이 반짝였다.

굳이 자신이 손을 쓰지 않더라도 눈앞에 있는 김장근이 나서서 자신이 하려는 일을 처리해 줄 것 같았기 때문이다.

자존심상 직접 처리하고 싶지만 이곳은 자신의 조국인 일본이 아니었기에 함부로 손을 쓸 수 없었다.

대동제약주식회사에도 이런 유의 일을 처리하는 고충 처리 부서가 있기는 하다. 하나 아직 자리를 잡은 것도 아닌데 자신이 직접 일을 벌이다 잘못돼 외부에 알려지면 일을 성공하고도 자신의 입지에 타격을 입을 수 있었다.

그런데 지금 김장근이 나서서 자신이 처리하겠다는 말을 하자 하야시로서도 굳이 막을 이유가 없었다.

"그렇지. 김 상의 말대로 따끔한 교훈이 필요한데, 어른인 김 상이 그럼 그자에게 교훈을 줄 수 있겠소?"

"그렇게 하겠습니다."

하야시가 은근한 말로 김장근에게 일을 미루자 김장근은 이때다 싶어 그의 제안을 덥석 물었다.

김장근은 하야시가 나서기 전 일단 자신이 먼저 그동안 하야시에게 당한 스트레스를 풀어야 한다는 생각에 나섰던 것이었다. 자신의 의도대로 하야시가 자신에게 일을 넘기자 눈을 반짝였다.

솔직히 그도 그동안 하야시의 비위를 맞추는 것에 여간 스트레스를 받은 것이 아니었다.

이런 일이라면 다른 부하들을 시킬 수도 있는 일이었다.

하지만 하야시의 직급을 생각해 본사에서 자신에게 하야시의 문제를 전담하게 지시를 내렸다.

처음에는 이것이 기회라 생각하며 최선을 다했다.

그런데 일이 뜻대로 진행이 되지 않았다.

사실 그 원인에는 자신이 잘못한 것보다는 하야시가 실수를 해 이 지경까지 이르게 되었다.

처음 하야시가 한국에 들어와 자신의 조언을 듣지 않고 회사를 설립하려고 했었다.

그래서 여러 사람들을 그가 회사를 설립하는 것에 도움을 주기 위해 연결을 시켜 주었다.

하지만 어디에나 텃세라는 것이 있어서 하야시의 계획은 성사되지 못했다.

김장근의 고난은 그때부터였다.

전적으로 자신의 선택으로 실패를 봤으면서 모든 잘못을 김장근에게 넘긴 것이다.

김장근도 수한에게 복수를 하려는 것을 보면 소인배이기는 했지만 하야시는 김장근보다 더한 소인배였다.

아무튼 자신의 잘못을 인정하지 못하고 이게 모두 김장근이 제대로 자신을 돕지 않았다며 생떼를 쓰는 하야시로 인해 김장근은 직급이 오르면서 겪지 않았던 스트레스성 위궤양을 다시 한 번 앓게 되었다.

그러니 지금 어느 정도 숨통이 트이자 자신의 일을 방해한 수한에게 복수를 하려는 것이다.

엉뚱한 곳에서 자신에게 복수를 다짐하고 있는 이들이 있

는 줄도 모르고 수한은 느닷없는 누나의 호출에 강남으로 향했다.

원래는 국산 소형차를 타고 다녔는데, 수정의 닦달로 외제차로 바꾸고 말았다.

대한민국의 최고 스타인 자신의 동생이, 그것도 18년 만에 돌아온 동생이 불안하게 국산 소형차를 타고 다닌다는 것을 용납할 수가 없었다.

그래서 수정은 자신이 연예인을 하면서 벌은 돈으로 수한에게 차를 사 주었다.

처음에는 수한의 나이도 있으니 유명 스포츠카를 선물하려고 했으나, 이는 수한이 거절을 했다.

나이도 나이지만, 수한은 현재 대체 복무를 위해 방위산업체에 연구원으로 있었다.

그런데 이제 겨우 20살인 자신이 고급 스포츠카를 타고 출근을 한다면 위화감을 조성할 수 있다는 생각에 거절을 한 것이다.

이유를 대며 거절을 하는 동생의 말에 수정은 스포츠카가 안 된다면 안전한 세단을 선물하기로 했다.

그렇지만 수정이 사 주려는 외제 세단은 무척이나 가격이 비싼 것이라 이 또한 수한이 거절을 하였다.

수한의 계속된 거부에 수정이 화를 내자 그런 누나의 화를 풀어 주기 위해 절충안으로써 SUV차량을 구입하기로 하였다.

비록 처음 수정이 사 주려던 스포츠카나 세단에 비해 가격대가 낮기는 하지만, SUV도 외제 차량이라 그런지 국산 SUV에 비해 무척이나 고가였다.

하지만 이마저도 거부를 했다가는 무슨 사단이 일어날지 몰라 SUV로 결정을 했다.

그런데 이런 결정에 라이프제약의 조봉구 사장도 수한이 국산 소형차가 아닌 외제 SUV로 바꾼 것에 찬성을 했다.

비록 조봉구 사장이 전문경영인으로 있기는 하지만 회사의 실질적인 주인이자 고문인 수한이 소형차를 타고 다니는 것은 위신이 서지 않는다는 주장이었다.

확실히 소형차보다 승차감이 무척이나 좋았다.

아무튼 그래서 현재 수한은 누나가 사 준 SUV를 타고 누나를 만나러 강남으로 가고 있었다.

차를 타고 약속 장소로 나간 수한은 수정이 알려 준 카페로 들어갔다.

그런데 카페 안에는 누나인 수정 말고도 다수의 여자들이 함께하고 있었다.

언뜻 보니 그중에는 전에 한 번 본 여자도 있었다.

아이돌 가수이자 같은 그룹 멤버로, 자신보다 연상이기는 하지만 말도 잘 통하고 또 그룹 내 막내라 그런지 동생 같은 느낌마저 드는 그녀가 싫지는 않았다.

많은 여자들 중 누나 말고도 아는 얼굴이 있다는 것에 어느 정도 안도하며 수한은 수정이 앉아 있는 테이블로 다가갔다.

"누나, 무슨 일로 날 부른 거야?"

수한은 수정이 있는 테이블로 다가가 수정을 보며 물었다.

"어? 벌써 왔어?"

"수한아, 어서 와!"

가장 먼저 수정이 멤버들과 이야기를 하다 옆에서 들린 수한의 목소리에 고개를 돌리며 반응을 하였다.

그리고 수정과 함께 있던 사람 중 루나가 눈을 반짝이며 수한을 보며 인사를 했다.

"네, 루나 누나도 그동안 잘 있으셨어요?"

"응, 나야 잘 있었지. 뭐 국내 스케줄과 해외 스케줄로 조금 피곤하기는 하지만, 뭐 내가 좋아서 하는 일이니 그건 감내해야지."

루나는 수한의 말에 장황하게 설명을 하며 그의 말을 받았다.

그런 루나의 모습에 함께 자리하고 있던 여자들이 눈을 반짝였다.

자리에 있던 여인들 중 한 명이 수정을 보며 물었다.

"수정아, 누구야?"

"그래, 누구야! 우리도 소개를 해 줘야지."

"맞아! 누군데 우리 아이스 퀸이 온화한 미소를 지으며 맞는 것인지 정체가 궁금해지네!"

멤버들의 물음에 수정은 입가에 미소를 지으며 자랑스러운 듯 수한을 소개했다.

"응, 내 동생이야!"

수정이 수한을 보며 동생이라고 소개를 하자 수한의 정체를 궁금해하던 여자들이 눈이 동그래졌다.

"동생?"

"브라더?"

"리더 동생이라고? 리, 리얼리?"

수한의 정체를 들은 여자들은 조금은 과장된 반응을 보이며 눈을 크게 뜨며 수정과 수한을 돌아보았다.

그런데 그것도 잠시 멤버 중 한 명이 자신들은 놀라고 있는데, 유일하게 놀라지 않고 있는 루나를 보며 물었다.

"뭐야! 막내는 알고 있던 거야?"

미국 출신의 레이나는 루나가 수정의 말을 듣고도 놀라지 않는 것에 그렇게 물었다.

그런 레이나의 질문에 루나는 고개를 끄덕였다.

"응, 전에 수정 언니 따라 외출한 적 있었잖아. 그때 만났어."

루나의 말에 고개를 끄덕이던 레이나는 곧 고개를 돌려 수정에게 따지듯 말했다.

"너 어떻게 막내에게만 이런 멋진 남자를 소개해 줄 수 있어!"

너무도 당당한 레이나의 말에 다른 멤버들은 물론이고 주변에 있던 테이블에 있던 여자들도 얼굴이 붉어졌다.

수한이 카페로 들어오는 순간부터 힐긋힐긋 수한의 얼굴을 쳐다보던 여자들은 레이나의 말에 여자로서 너무도 창피했던 것이다.

6.
강남에서 생긴 일

쿵쿵짝!

와!

"감사합니다. 여러분! 사랑해요!"

와! 와!

"파이브돌스였습니다. 다음은……."

무대가 끝나고 파이브돌스는 자신들의 노래를 들어 준 팬들에게 인사를 하고 무대를 내려왔다.

"언니…… 힘들어."

막내 루나는 무대가 끝나고 어두운 무대 뒤를 돌아 복도에 들어서자 바로 투정을 하였다.

무대를 내려왔다고 하지만 가끔 무대 뒤에 몰래 숨어 들어

오는 팬들이 있기 때문에 루나는 그들에게 약한 모습을 보여 줄 수 없다는 생각에 언제나 무대가 끝나고 팬들이 보이지 않은 곳까지 와서야 사적인 말을 하였다.

그리고 그건 루나뿐만이 아니라 다른 멤버들도 마찬가지였다.

방심하여 사적인 이야기를 했다가 구설수에 오르는 연예인들을 많이 봐 왔기 때문에 이들은 데뷔 초부터 다른 매니저나 기획사 관계자들에게 귀에 못이 박힐 정도로 들었다. 지금도 관계자들만 다닐 수 있는 복도에 들어서서야 약간의 불만을 수정에게 토로한 것이다.

"조금만 힘내. 이번 활동 끝나고 회사에서 휴가를 주기로 약속을 했으니……."

수정은 막내 루나의 투정에 그렇게 달랬다.

그런데 휴가라는 말에 루나보다 다른 멤버들이 눈을 반짝이며 수정에게 물어 왔다.

"휴가? 정말?"

"수정아, 정말로 실장님이 우리 이번 활동만 끝나면 휴가 주시기로 약속하신 거야?"

동갑인 레이나와 미나가 수정을 향해 물었다.

그리고 이들보다 1살 적은 예빈도 휴가라는 말에 심장이 두근거렸다.

정말로 몇 달 만에 들어 보는 휴가라는 말에 벌써부터 심장이 뛰는 것이다.

천하엔터테인먼트는 소속 연예인들에게 휴가를 줄 때 결코 적은 기간을 주지 않았다.

열심히 활동을 했으니 그에 맞게 확실히 재충전하기 위한 시간을 주었다.

이번 활동이 끝나면 최소 보름에서 한 달 정도 휴가가 주어질 게 분명했다.

이들은 어느새 대기실에 모여 분장을 지우며 조금 전 복도에서 나왔던 휴가 이야기를 하기 시작했다.

"수정, 실장님이 이번엔 휴가를 얼마나 줄 것 같아?"

화장을 지우고 있던 수정은 옷을 갈아입고 자신의 곁에 다가온 레이나의 물음에 고개도 돌리지 않은 채 대답을 하였다.

"응, 내가 이번엔 시간이 좀 필요해서 한 달 꽉 채워서 달라고 했어!"

한 달이라는 말에 레이나의 눈이 활처럼 휘며 기뻐하였다.

"그 말 정말이지?"

"응."

수정은 레이나의 다짐을 받는 질문에 간단하게 대답을 해 주었다.

"그런데 언니, 회사에서 이렇게 일찍 휴가를 준다는 건…… 여름에 휴가가 없는 거 아니에요?"

이번에는 옷을 갈아입고 화장까지 지운 예빈이 수정의 곁으로 다가와 물었다.

휴가를 받는 일이 좋기는 하지만 일반인들처럼 휴가철에 놀러 가 본 게 언제인지 기억이 나지도 않았다.

어릴 때부터 가수가 되기 위해 기획사에 들어가 연습생이 되고, 또 노력을 해 가수로 데뷔를 했다.

큰 기획사에 소속이 되어서 그런지 데뷔한 후 금방 이름을 알리며 스케줄이 늘었다.

사실 예빈은 자신이 운이 무척 좋다는 것을 잘 알고 있다.

자신이 속한 기획사가 흔히 알려진 몸 로비를 하는 그런 기획사도 아니고, 자신이 운이 좋아 합류하게 된 그룹에 엄청난 인물이 함께해서 그 혜택을 보고 있다는 것도 잘 알고 있다.

대한민국에서도 알아주는 대그룹 회장의 손녀이자 소속사 사장의 조카가 리더인 것이다.

그러니 데뷔 때부터 지금까지 트랙을 달리는 자동차처럼 무섭게 달려왔다.

활동하는 만큼 인기는 올라갔지만 그만큼 힘이 들었다.

가까웠던 친구들과도 연락이 점점 줄어들고, 가족과도 쉽게 통화를 할 수도 없었다.

물론 회사에서 관리를 하는 면도 있지만, 그만큼 정신이 없고 피곤해 숙소에 돌아오면 골아 떨어져 연락을 할 수가 없었던 것이다.

개인 인맥 관리를 하는 것도 겨우 활동을 중지하고 휴가를 받았을 때뿐이다.

그래서 휴가라는 말에 파이브돌스의 다른 멤버들이 흥분을 하는 것이었다.

"아, 그건 걱정하지 마. 여름에 또 휴가 달라고 할 거니까."

수정의 말에 멤버들은 하던 일도 멈추고 고개를 돌려 수정을 보았다.

"리더! 너 무슨 일 있지?"

"그래, 너 혹시 연애하냐?"

"언니 남자 만나요?"

"누구예요?"

옷을 갈아입거나 화장을 지우고 있던 멤버들은 수정의 생각지도 않은 발언에 모두 놀라 그렇게 한마디씩 하였다.

그동안 데뷔 이후 스케줄이나 휴가에 관해 한번도 자신의 의견을 내지 않던 수정이 무슨 일이 있는지 일탈하는 모습을 보인 것이다.

"그런 거 아니야!"

"아니긴. 이 언니에게 말을 해 봐! 내가 심사를 해 줘야, 우리 순덩이가 바람둥이에게 걸렸는지 아닌지 알려 주지!"

"맞아요. 수정 언니는 은근 맹한 구석이 있어 남자에게 빠지면 쑥 빠질 스타일이라 안 돼요."

"맞아, 맞아! 수정이 남편감은 우리에게 허락을 맡아야 돼!"

"그래, 수정 언니도 그리고 레이나 언니나 미나 언니, 예빈 언니도 남자 생기면 멤버들 허락 받아요."

갑작스럽게 올라온 화제가 순간 잊지도 않은 수정의 남자 심사 자리로 바뀌더니 결국 다른 멤버들 역시 남자가 생기면 멤버들의 허락을 맡아야 할 지경에 이르렀다.

"야! 그런데 왜 넌 빼는 건데!"

"그러게, 저 여우. 저만 쏙 빠져나가는 것 봐라! 안 돼! 너도 만약 남자 생기면 우리에게 허락 맡아!"

"예……."

루나는 미나가 자신의 말에 반기를 들자 문득 몇 달 전에 본 수한의 얼굴이 생각이 났다.

수정의 개인적인 일로 외출을 하려고 하자 최한나 실장이 루나에게 함께 나가라고 했던 적이 있었다.

늦은 시각 외출이기도 했지만 혹시라도 남자를 만나다 걸리기라도 하면 막 컴백을 했는데, 스캔들에 휘말려 구설수에 오를 수 있기 때문이다.

가뜩이나 천하엔터테인먼트의 운영 방식 때문에 다른 기획사나 방송가에서 벼르고 있는 이들이 많았다.

조금만 삐끗해도 물어뜯으려고 달려들 개새끼들은 널리고 널렸다.

그래서 저녁에 외출하려는 수정을 따라서 외출을 하였다.

그리고 그날 루나는 자신의 이상형의 남자를 보게 되었다.

비록 자신보다 2살이나 어린 남자였지만, 정말로 자신이 상상만으로 꿈꾸던 이상형의 남자가 그날 그 자리에 나왔다.

더욱이 신분도 확실하고 또 알고 보니 엄청난 천재였다.

그렇다고 다른 사람을 무시한다거나 하지도 않고, 무척이나 매너가 넘치는…… 정말이지 소설에나 나오는 그런 최고의 남자였다.

나이가 어린 게 살짝 아쉽기는 했지만 그렇다고 포기하기에는 너무도 아깝다는 생각이 들었다.

아니, 포기를 할 수가 없었다.

그날부터였다. 루나는 수정이 하는 말에 최선을 다했고, 먼저 나서서 숙소를 치웠다.

이 모든 것이 미래에 시누이가 될 수정에게 잘 보이기 위한 노력이었다.

자신의 그런 행동에 조금 당황하긴 했지만, 어차피 이전에도 막내였기에 했던 행동들이라 멤버들은 그냥 넘어갔다.

미나의 남자라는 말에 루나가 이렇게 한 번 본 수한을 떠올리며 얼굴을 붉히고 있을 때 이런 루나를 유심히 보는 사람이 있었다.

"야! 루나 너 정말로 우리 몰래 남자 만나고 있는 거 아니야?"

한순간 망상에 빠져 있던 루나는 순간 흠칫하며 망상에서 빠져나왔다.

"내, 내가 남자가 있긴 무슨……. 내가 그럴 시간이 어디 있어? 매일 언니들 하고 같이 살고 있는데."

조금 전까지만 해도 수한의 생각을 하던 루나였지만 오리발을 내밀며 변명을 하였다.

"그만 떠들고 정리다 했으면 나가자!"

수정은 언제까지 이곳에 있을 수 없어 소리쳤다.

이미 스케줄이 끝났는데 방송국에 남아서 떠들 생각이 없는 수정은 수다를 떨고 있는 멤버들을 불러 그렇게 이야기했다.

사실 수정이 방송국에 오래 머물고 싶지 않은 것은 찰거머리처럼 달라붙는 남자들 때문이었다.

정수정이란 존재를 보고 호감을 느껴 다가오는 것이 아니라, 천하그룹 정대한 회장의 손녀로서 배경을 보고 접근하는 남자들 때문이었다.

그런 남자들 때문에 남자 만나기가 두려운 수정이었다.

"그래, 준비 다 끝났으니 나가기만 하면 돼!"

말이 끝나기 무섭게 자리에서 일어난 멤버들은 대기실을 빠져나가 자신들이 타고 온 벤이 있는 곳으로 향했다.

주차장으로 가고 있는데 이들의 발길을 붙잡는 소리가 있었다.

"수정아!"

뒤쪽에서 들려오는 남자의 목소리에 수정의 표정이 순간 굳어졌다.

하지만 고개를 돌린 수정의 표정은 풀리고 방송에서 카메라를 볼 때의 표정이 되었다.

"선배님, 무슨 일이시죠?"

수정의 예의 바르게 물었다.

그런 수정의 질문에 수정을 부른 남자는 웃으며 대답을 하였다.

"스케줄도 끝나고 시간도 남았을 텐데, 우리 어디 가서 술이나 한잔하자!"

방송을 마치고 나오던 강한은 우연히 자신의 차를 세워 둔 주차장으로 향하다 수정의 모습을 보고 그렇게 말했다.

한편 자신이 싫어하는 유형의 전형인 강한이 선배랍시고 자신에게 술을 권하자 약속이 있다는 핑계를 댔다.

"선배님, 죄송해요. 오늘 선약이 있어서…… 오늘은 안 되겠네요."

수정의 거절에 강한은 잠시 인상을 찌푸리다 어떻게든 유혹하기 위해 달라붙었다.

"약속? 무슨 약속인데? 그냥 그 약속 다음으로 미루고 오늘 나랑 한잔하자."

막무가내인 강한의 말에 수정은 잔득 굳은 목소리로 대답을 하였다.

"지금 선배님은 가족 간의 약속을 겨우 술 마시기 위해 깨라는 말씀인가요?"

차가운 수정의 말에 강한은 자신이 너무 강압적이었다는 것을 깨달았다.

수정이 겉으로 보기에 연약하고 보호해 줘야 할 것 같은 외모를 가졌지만, 그것과 다르게 어릴 때부터 각종 무술을 배워 남자 못지않은 체력을 가지고 있음은 방송가에 잘 알려졌다.

특히 어릴 때 동생이 유괴되어 실종이 된 뒤로 가족에 관한 일이라면 물불을 가리지 않는다는 것도 알려졌다.

강한은 가족과의 약속이란 소리에 얼른 꼬리를 말았다.

"아, 가족과의 약속이라면 그럴 수 없지. 내가 실수했다. 그럼 먼저 간다."

강한은 얼른 사과를 하고 자리를 떠났다.

그런 강한을 쳐다보는 파이브돌스 멤버들은 코끝을 찡그리며 조그맣게 한소리했다.

"어휴…… 저 껄떡쇠 누가 안 잡아 가나."

"그러게 말이야. 자기가 아직도 인기 많은지 안다니까?"

"맞아, 맞아."

멤버들은 그렇게 한소리하고는 자신들의 차가 서 있는 곳으로 향했다.

"어서들 와라! 오늘 수고 많았다."

주차장에 도착을 하니 로드 매니저에서 정식 매니저로 승격이 된 유한상이 이들을 맞으며 말을 했다.

그런데 잔뜩 굳어 있는 수정의 모습을 본 한상이 물었다.

"아니, 우리 여왕님께서 무슨 일로 기분이 언짢은 것인지요?"

굳어 있는 수정의 기분을 풀어 주기 위해 한상은 농담을 섞어 물었다.

그런 한상의 질문에 루나가 대신 대답을 했다.

"오다가 발바리 만났어요. 오늘도 발바리가 언니 보고 또 짖고 갔어요."

루나는 강한을 덩치는 작지만 이곳저곳 돌아다니는 발바리라는 개를 빗대며 조금 전 상황을 설명했다.

그런 루나의 말에 굳어 있던 수정도 기가 막히는지 웃음보가 터지고 말았다.

"풋!"

"호호호!"

"발바리?"

아직 발바리가 누구를 말하는지 알지 못하는 한상은 루나의 말에 고개를 갸웃거렸다.

그런 한상의 고민을 해결해 주는 사람이 있었다.

수정 말고도 굳어 있던 또 다른 멤버인 예빈이었다.

사실 말은 하지 않았지만 파이브돌스 멤버들 중 가장 예쁜 사람은 예빈이었다.

그래서 파이브돌스 초기에는 예빈의 인기가 최고였다.

시간이 지나면서 다른 멤버들의 인기도 올라가며 지금은 모두 비슷해졌지만, 초기만 해도 예빈의 인기는 최고였다.

미인에 인기도 많다 보니 많은 남자 연예인들에게 이상형이라는 말도 듣고, 작업도 많이 받았다.

그중에는 조금 전 만났던 강한도 있었다.

물론 파이브돌스가 스케줄이 바빠 따로 만나지는 못했지만, 아무튼 예전 자신에게 그렇게 만나 달라고 추파를 던지던 남자가 어느 순간 자신이 아닌 다른 여자에게 빠져 자신을 신경도 쓰지 않았다.

더욱 화가 나는 것은 다른 사람도 아닌 같은 그룹의 멤버라는 게 자존심이 상했다.

자신이 더 인기가 있고 예쁜데 다른 멤버에게 눈을 돌린 강한에게 화가 나면서, 그 남자의 시선을 빼앗아 간 수정에게 더욱 화가 났다.

하지만 그것도 잠시 어릴 때의 치기였다.

나중에 강한이 수정의 배경을 알고 수정에게 끈덕지게 추파를 던지는 것이란 사실을 알게 된 뒤로 그런 치기는 사라졌다.

그리고 자신이 인기를 끌 수 있던 것도 수정이 속한 그룹을 띄우기 위해 회사에서 물심양면으로 지원을 했기 때문이란 것도 알게 되었다.

물론 그렇다 하더라도 조금 전 상황에서 기분이 아무렇지 않을 수는 없었다.

강한은 한때 자신에게 추파를 던졌으면서도 조금 전에는 주변에 아무도 없고 수정만이 있는 것처럼 행동을 했기 때문이다.

그래서 나선 것이다.

"있잖아요. 3세대 아이돌 출신 방송인 강한이라고……."

이 여자, 저 여자에게 흘리고 다니는……."

얌전한 줄 알았던 예빈의 뜻밖의 모습에 한상이 눈을 크게 뜨며 그녀의 말을 듣다, 그녀의 말속에 뭔가 일이 있음을 깨닫고 조금 전까지 웃던 표정을 지우며 물었다.

"그래, 그 강한이란 놈이 너희에게 뭐라고 했냐?"

굳은 한상의 목소리에 수정이 그의 기분을 풀어 주었다.

괜히 그냥 두었다가는 문제가 커질 수 있다는 생각 때문이다.

수정은 한상이 고모부가 운영하시는 천하가드에서 파견된 직원임을 알고 있기 때문이다.

천하가드의 보디가드들 중에서도 실력이 아주 뛰어난 직원이 바로 한상이었다.

그가 파이브돌스의 매니저로 있는 것이 바로 수정 자신을 지키기 위해서란 것도 고모를 통해 들었다.

"그냥 저보고 스케줄 끝났으니 술이나 한잔하자고 해서 거절했어요."

"그래, 그 정도면 뭐……. 그런데 다음에 다시 그런 일 있으면 내게 말해라."

"알았어요. 그만 가요."

수정은 알았다는 말을 하고 얼른 차에 올랐다.

멤버들은 조금 분위기가 어색해져 침묵을 했다.

조금 전의 일로 차 안은 무척이나 어색한 분위기가 되어 버렸다.

이때 무슨 생각이 들었는지 수정은 자신의 가방에서 휴대 폰을 꺼내 어딘가로 전화를 걸었다.

"오늘 시간 있지? 강남 XX빌딩 지젤이란 카페로 나와!"

수정은 전화를 걸자마자 그렇게 자신의 용건만 간단히 말을 하고 전화를 끊어 버렸다.

언제나 예의 바른 수정이 너무도 무례하게 전화를 걸고 끊자 멤버들은 눈을 동그랗게 뜨고 수정을 쳐다보았다.

"누군데 전화를 그렇게 해?"

미나는 한 번도 본 적 없는 수정의 돌발적인 행동에 물었다.

그런 친구의 물음에 수정은 창밖으로 시선을 던지면 간단하게 대답했다.

"동생."

"동생?"

"응, 너희도 잘 알 거야. 내게 동생이 있었다는 거 말이야."

"응, 실종됐다면서?"

이야기를 듣던 미나가 유괴라는 말을 입안으로 삼키고 실종이란 말을 하였다.

괜히 아픈 상처를 들춰낼 필요는 없으니 순화해서 물은 것이다.

"그런데 얼마 전에 찾았어!"

수정은 미나가 자신을 생각해 그렇게 조심스럽게 말을 한다는 것을 알기에 자신도 순순히 친구들이 알고 싶어 하는 궁금증을 알려 주었다.

'어머! 수한이가 온다고?'

한편 수정의 이야기를 듣고 있던 루나는 조금 전 수정이 전화를 걸어 나오라고 한 사람이 수한이란 것을 깨닫고 얼굴이 붉어졌다.

괜히 이름만 들어도 가슴이 뛰기 시작하였다.

약속 장소인 카페 지젤에 도착한 수정은 차에서 내렸다.

그런데 그녀의 뒤로 다른 멤버들도 따라 내리기 시작했다.

"우리도 네 동생 구경이나 하자."

레이나는 수정이 따라 내리는 자신들을 보고 있자 그렇게 말을 하였다.

사실 그녀들은 수정의 동생이 무척이나 궁금했기 때문이다.

예전 언뜻 지나가는 식으로 수정이 가족에 대한 이야기를 한 적이 있었다.

그때 수정은 뭔가 애잔한 눈빛으로 실종된 동생에 관한 이야기를 했었다.

그런데 브라더 콤플렉스 환자마냥 동생에 관한 말을 할 때마다 특이한 반응을 보이곤 하였다.

그 때문에 자주 들은 것은 아니지만 멤버들 머릿속에 수정의 동생에 관한 어떤 이미지가 박혀 있었다.

그런데 상상만으로 그려졌던 이미지를 확인할 수 있는 기회가 생긴 것이다.

수정이 자신의 동생이 돌아왔다고 하니 멤버로서 아니, 또 다른 가족으로서, 돌아온 동생을 봐 줄 의무가 있다는 말도 되지 않는 억지 명분을 만들어 수정을 설득했다.

한편 레이나의 말을 들은 수정도 레이나의 말이 조금 억지스럽긴 했지만 수한을 멤버들에게 못 보여 줄 것도 없었다.

이미 멤버 중 한 명은 수한을 만났었기에 다른 멤버들에게 보여 주지 않는 것도 이상했다.

"알았어. 한상 오빠."

수정은 레이나의 말에 대답을 하고 아직 대기를 하고 있던 매니저 한상을 불렀다.

"수정아 왜?"

수정을 약속 장소에 내려 주었는데, 파이브돌스의 멤버들도 따라 내리자 잠시 그들을 지켜보고 있던 한상은 무슨 일이냐고 물었다.

그런 한상에게 수정은 수한을 멤버들에게 소개해야 하니 그만 회사로 돌아가라 말하였다.

"오빠, 우린 여기서 내려서 동생을 만나고 들어갈 테니, 오빠 먼저 들어가세요."

"그래, 그럼 너무 늦게까지 밖에 있지 말고, 동생만 만나고 일찍 들어가라. 요즘 분위기 별로니 무슨 일 만들지 말고, 알았지?"

"알았어요. 저희도 요즘 분위기 안 좋다는 것 알고 있어요. 동생만 만나고 일찍 숙소로 들어갈게요."

매니저인 유한상의 허락이 떨어지자 이야기를 듣고 있던 파이브돌스 멤버들은 일제히 한상에게 인사를 하였다.

"오빠, 땡큐!"

"오빠, 사랑해! 내일 봐!"

"알라뷰!"

오랜만에 매니저 없는 멤버들만의 외출이라 그런지 멤버들의 반응은 무척이나 격렬했다.

특히나 조금은 외향적인 미나의 경우 콩글리쉬로 감사를 표하였다.

매니저인 한상과 너무도 친하다 보니 이런 농담도 쉽게 하는 것이다.

그런데 한상의 주의처럼 현재 천하엔터테인먼트를 보는 다른 기획사나 언론들의 논조가 심상치 않았다.

아무래도 같은 계열사 중 한곳이 작년 국정감사로 인해 안 좋게 언론에 노출이 되었기 때문이다.

물론 로비를 통해 어느 정도 사건을 무마하긴 했지만 남과 북이 대립하고 있는 대한민국의 현실 여건상 그런 유의 사건은 이미지 회복이 쉽지 않았다.

그 때문에 천하그룹은 각 계열사에게 언론에 노출되는 것을 주의하라는 공문이 내렸다.

특히나 언론의 노출이 쉬운 천하엔터테인먼트에 그런 주의는 조금 더 강도 높게 내려왔다.

서울 강남을 장악하고 있는 신태양파의 사무실에 전혀 어울릴 것 같지 않은 양복을 입은 남자가 들어서고 있었다.

유명 디자이너가 디자인한 고급 양복을 입은 그 사내는 자신의 앞을 막아서는 덩치들을 가볍게 밀치며 안으로 들어섰다.

"신 사장 만나러 왔으니 비켜 주지."

자신을 막아서는 조폭들을 밀어내고 있는 사람은 바로 일신제약의 전무인 김장근이었다.

일이 틀어져 광분하는 하야시를 간신히 달래고 자신들의 일을 망친 수한에게 교훈이라는 말로 포장한 폭행을 하기 위해 이렇게 조폭 사무실을 찾은 것이다.

원래라면 김장근이 직접 조폭의 사무실을 찾아오지 않았겠지만, 하야시에게 자신의 능력을 보이기 위해 직접 나섰다.

사실 일신그룹 차원에서 원활한 업무 추진을 위해 이런 더러운 일을 하는 처리반이 따로 있지다. 하나 일단 자신들의 흔적이 남을 수 있기 때문에 제삼자를 이용해 본때를 보여 주려 조폭에게 의뢰를 하려는 것이다.

자신이 있는 곳에서 신태양파가 가장 가까이 있기도 하고, 현재 두목인 신태양이 전국에서 알아주는 전국구 주먹이면서 그 밑에도 전국구로 알려진 주먹들이 꽤 있었다.

더욱이 신태양파에는 김장근도 알고 있는 사람이 있었기에 비밀을 지키기에 좋았다.

이런 일은 비밀이 가장 중요했는데, 괜히 일이 외부에 알려지게 된다면 골치 아파진다.

안면 때문에 의뢰하기도 편하고, 적당한 보상만 있으면 별별 의뢰를 다 받아 주는 그들이기에 김장근으로서도 회사 고충 처리반에게 연락을 하는 것보다 이런 조폭들에게 의뢰하는 게 편했다.

괜히 그들에게 아쉬운 소리할 필요 없이 돈으로 해결을 하는 편이 김장근에게도 좋은 일이었다.

"어디서 오셨습니까?"

김장근을 막아섰던 조폭 중 한 명은 너무도 당당한 김장근의 모습에 일단 어떻게 왔는지 물었다.

그런 조폭의 질문에 김장근은 미소를 지으며 말했다.

"나 일신에서 온 김장근이라고 하는데, 이호성 상무 좀 불러 주지."

김장근이 말하는 일신이란 곳이 어떤 곳인지 정체를 알 수는 없었지만 김장근의 모습을 봐선 자신들과 같은 조직은 아닌 것 같았다.

하지만 자신감 있는 태도나 조직의 간부를 알고 있는 것을 봐선 보통 사람은 아니란 판단을 하게 되었다.

"잠시만 기다려 주십시오."

무조건 들어가는 것을 막으려던 모습과는 다르게 김장근에게 말을 걸었던 남자는 이호성 상무를 찾아갔다.

"어머! 완전 꽃돌이네!"

레이나는 수한이 자리에 앉자마자 곁에 바짝 앉아 얼굴을 들여다보며 그렇게 말했다.

수한은 자신을 보며 서슴없이 농담을 건네는 레이나의 모습에 무척이나 당황했다.

개방적인 미국에서 공부를 하고 왔지만 이처럼 처음 본 사람에게 들이대는 경우는 처음 겪어 보기 때문이다.

"너 이름이 뭐냐?"

한편 수한의 맞은편에 앉은 미나는 수한의 눈을 쳐다보면 이름을 물었다.

"정수한입니다."

자신의 턱을 만지면 스킨십을 하는 레이나를 말리며 자신의 이름을 물어 오는 미나의 질문에 답을 한 수한. 하지만 수한의 고난은 지금부터 시작이었다.

한 번 만나 대화를 했던 루나를 빼고, 예빈까지 합세해 수한을 곤란하게 만들고 있었기 때문이다.

"야! 너희들 적당히 하지 못해?!"

자신의 동생이 멤버들의 행동에 버거워하자 급기야 수정이 나서서 수한을 구원하였다.

하지만 그런 수정의 만류에 예빈은 행동을 멈췄으나 레이나와 미나의 행동은 멈추지 않았다.

"적당히 해라!"

스케줄을 마치고 숙소로 가려는데 나타나 기분을 망친 강한 때문에 기분을 풀기 위해 피곤한 동생을 불러내 저녁이라도 함께하려고 했는데, 친구들의 방해로 수한이 피곤해하자 화가 난 것이다.

그런 수정의 변화를 눈치챈 예빈은 얼른 행동을 멈췄지만 이미 돌아올 수 없는 강을 건넌 레이나와 미나는 그칠 줄 모르고 계속해서 수한에게 달라붙어 그를 괴롭혔다.

딱! 딱!

급기야 레이나와 미나의 이마에 번개 불이 작렬했다.

참고 참았던 수정의 알밤이 두 사람의 이마에 내려앉은 것이다.

"아야!"

"아퍼!"

두 사람은 수정에게 맞은 이마를 한 손으로 문대며 찔끔한 표정으로 수정을 쳐다보았다.

"니들이 애냐? 일하느라 피곤한 얘를 왜 그리 괴롭히는 거야!"

"수정아, 미안해."

"알았어, 그만할게."

아닌 게 아니라 지금 수한의 표정은 무척이나 지친 표정이었다.

처음 카페로 들어왔을 때의 상큼한 표정은 온데간데없고 지금은 마치 마라톤 풀코스를 뛰고 온 마라토너 같은 표정이 되어 있었다.

"이것 봐. 니들 때문에 이 지친 모습, 보이지 않냐?"

"맞아요. 언니들 좀 적당히 하세요. 더 하면 실장님께 연락할 거예요."

수정이 레이나와 미나에게 주의를 주고 있을 때 두 사람이 수한을 괴롭히는 것을 지켜만 보고 있던 루나가 두 사람에게 협박을 했다.

사실 루나가 두 사람에게 협박을 하는 것은 자신도 수한에게 그렇게 하고 싶었으나, 서열에서 밀려 수한의 곁으로 가지 못하고 수정의 옆에 붙어 있다 보니 정작 오랜만에 수한을 봤으면서도 수한에게 처음 인사 말고는 아직 말도 걸어보지 못한 루나 본인이 화가 났기 때문이다.

"어떻게 된 게 나이 먹은 것들이 더 난리냐! 난리!"

확실히 25살인 레이나와 미나가 어린 예빈이나 루나보다 더 적극적으로 수한의 곁에 바짝 붙어 있으니 그런 것이다. 한편 이런 소란은 실시간으로 SNS에 '나라를 구한 놈!' 이란 제목으로 올라가 조횟수를 올리고 있었다.

그리고 조횟수도 조횟수 있지만 달리는 댓글도 장난 아니게 많이 달리고 있었다.

그런데 달리는 댓글의 양상이 참으로 극명했다.

파이브돌스의 팬들 중 남성 팬들은 '부럽다', '나라를 구한 놈!'이란 반응과 '우리들의 여신에게서 떨어져라!'라는 반응이었다.

그에 반해 여성팬들의 반응은 단 한 가지였다.

그것은 바로 수한의 정체가 무엇인가, 하는 것이었다.

물론 다 그런 반응만 있는 것은 아니었다.

어디나 색안경을 쓰고 보는 사람들이 있기 마련이다.

파이브돌스와 함께 있는 수한의 모습을 본 일부 악플러들은 차마 입에 담지 못할 모욕부터, 수한이 천하엔터에서 준비 중인 연예인인데 일부러 이름을 알리기 위해 노이즈 마케팅을 하고 있는 것이라 떠들고 있었다.

그리고 사람들의 반응은 대체로 후자인 연예계 데뷔를 기다리는 사람으로 노이즈 마케팅이라는 주장이 늘어가고 있었다.

이에 편승해 일부 댓글을 달고 있는 사람 중에는 있지도 않은 허위 사실을 유포하기도 했는데, 자신을 천하엔터에 근무하고 있는데 수한이 정말로 천하엔터에서 준비 중인 연습생이 맞는다는 글이었다.

그 때문에 정작 천하엔터는 현재 엄청난 전화 연락에 몸살을 앓고 있었다.

하지만 카페에서 놀고 있는 파이브돌스나 수한은 이런 사실을 까맣게 모르고 있었다.

설마 자신들이 지금 카페에서 떠들고 있는 모습 때문에 그런 일이 있을 것이란 것은 상상도 못하고 즐거운 한때를 보내고 있었다.

"수한이 아직 저녁 전이라고 했지?"

"응, 일이 좀 많아서 아직 못 먹었어."

"그럼 우리 밥 먹으러 가자!"

"뭐야, 누나들도 아직 밥을 먹지 못한 거야?"

수한은 수정이 자신들도 아직 저녁을 먹지 않았다는 말에 깜짝 놀랐다.

시간은 저녁때를 한참 지나 벌써 10시에 가까워지고 있었다.

그런데 아직도 밥을 먹지 못했다니 이들을 관리하는 매니저들에게 조금은 화가 나기도 했다.

"아니, 다 먹고 살자고 일하는 것인데 아직도 밥도 챙겨 먹지 않고 뭐했어!"

수정을 보며 말을 하기는 했지만 그 말은 이 자리에 없는 천하엔터 관계자들에게 하는 소리였다.

"내가 맛있는 저녁 사 줄게 이만 나가자."

수정에게 그렇게 말을 하고 자리에서 일어났다.

수한은 테이블에 간단한 군것질 거리와 커피잔 담긴 쟁반을 들어 반납을 하러 일어났다.

그런 수한의 모습에 수정은 잠시 멍하니 쳐다보다 빙그레 미소를 지었다.

마냥 어리게만 보았는데, 지금 보니 무척이나 남자다웠다.

그리고 이미 수한에게 반한 루나는 조심스럽게 다른 멤버들을 쳐다보았다.

그리고 멤버들의 심상치 않은 모습에 카운터로 간 수한이 들리지 않게 낮은 목소리로 폭탄 발언을 하였다.

"언니들, 넘보지 말아요. 수한이는 이미 제가 찜했어요. 만약 제 말을 듣지 않겠다면 전쟁이에요."

루나의 그런 폭탄 발언에 레이나와 미나는 물론이고, 자리에 있던 멤버들은 모두 경악을 금치 못했다.

"어머! 어머!"

"헐!"

짧은 경악성과 허탈한 감탄성을 하는 멤버들과 다르게 미나는 얌전하던 막내 루나가 이렇게 당돌하게 선전포고를 하자 눈을 깜빡이며 놀라워했다.

"와! 막내 무지 용감한데! 좋았어! 도전 받아 주겠어!"

"이것들이 아직도 장난질이야! 내가 경고하는데, 내 동생

가지고 장난치면 아무리 너희라도 용서 못해!"

미나가 루나의 선언에 결연한 표정을 지으며 쳐다보자 루나는 무척이나 당황했다.

하지만 옆에서 미나의 행동을 지켜보던 수정은 미나가 지금 루나를 놀리고 있다는 것을 눈치채고 경고를 했다.

18년 만에 돌아온 동생이다. 그런 동생을 자신들의 장난거리로 취급하는 것은 누나로서 무척이나 화가 나는 일이다.

그래서 이를 경고를 하듯 그렇게 말을 하였다.

장난을 좋아하는 미나와 레이나지만 가끔 보이는 수정의 저런 카리스마 넘치는 모습은 살짝 무서웠다.

"알았어, 장난 그만 칠게!"

미나는 수정의 경고에 항복을 하였다.

하지만 미나와 다르게 루나는 진지한 표정으로 수정을 보며 대답을 했다.

"언니, 전 방금 한 말 진심이에요."

너무도 진지한 루나의 대답에 이젠 오히려 수정이 할 말을 잊었다.

루나가 한 말로 분위기가 어색해지려던 찰나 카운터에 반납하고 돌아온 수한이 먼저 차를 빼겠다며 말을 하였다.

"누나, 난 먼저 나가 차를 대기시킬 테니 천천히 나와."

"응."

수한의 말에 간단하게 대답을 한 수정은 자리에서 일어나 소지품을 정리했다.

그리고 다른 멤버들도 자리에 내려놓은 자신들의 물건을 챙겼다.

"야, 보기 좋은데?!"

"보기 좋긴, 짝이 맞지 않잖아!"

늦은 저녁을 먹고 나오는데, 수한과 파이브돌스 주위로 일단의 남자들이 다가오며 그렇게 떠들었다.

마치 1980년대 영화에 나오는 양아치들의 대사처럼 무척이나 고루한 말이었지만 저녁을 먹고 나온 여자들을 긴장시키기에는 충분했다.

한편 기분 좋게 저녁을 먹고 누나들의 숙소로 데려다주기 위해 나오던 수한은 양아치처럼 구는 남자들의 모습에 인상을 찌푸렸다.

"무슨 이유인지는 모르겠지만, 다른 사람 상관하지 말고 갈길 가라."

수한은 괜한 시비에 말려들기 싫어 그렇게 사내들에게 말했다.

하지만 작정하고 시비를 걸려고 대기를 하고 있던 사내들은 수한의 말에 뭐가 그리 고까웠는지 큰소리를 치며 수한에게 달려들었다.

"뭐야, 어린놈의 새끼가 싸라기밥을 처먹었나! 어디서 그 따위야!"

느닷없이 양아치들이 달려들었지만, 이미 그들의 행동을 유심히 쳐다보던 수한은 진즉부터 자신을 노리고 있었다는 것을 알고 있었기에 이들의 공격을 쉽게 피했다.

"어? 이 새끼 봐라, 피해?"

자신의 주먹을 피한 수한의 모습에 더욱 흥분한 양아치는 막무가내로 수한을 공격하기 시작했다.

하지만 그런 양아치들의 공격은 수한의 몸에 어떤 위해도 가할 수 없었다.

그렇지만 다수의 양아치들에게 둘러싸인 수한의 모습에 불안을 느낀 수정이 경찰에 신고를 하였다.

양아치들의 공격을 피하던 수한은 지금 상황이 참으로 어처구니가 없었다.

자신이 가진 능력 중 마법이나 무술 어느 것 하나만 사용해도 지금 눈앞에 있는 양아치들은 최소 병신을 만들 수 있었다.

자신을 향해 휘두르는 주먹은 마치 슬로우 비디오처럼 그의 눈에 그 궤도가 똑똑히 보이고 있었다.

그러니 맞아 주려고 해도 몸이 먼저 반응을 하기 때문에 맞아 줄 수도 없었다.

한편 양아치들은 괜히 잘생긴 놈이 유명 연예인과 늦은 시간에 함께한다는 것이 배알이 꼴려 근처에 대기를 하다 화풀이를 하려고 했는데, 그것이 뜻대로 되지 않자 더욱 화가 났다.

"이 새끼 맞아라!"

양아치들은 무엇 때문에 이렇게 화가 나는 것인지 자신들도 그 이유를 알지 못하지만 그들의 머릿속에는 오로지 수한을 한 대 때리고 싶다는 욕망뿐이었다.

7.
진실과는 다른 흐름

백수인 태주는 오늘도 친구들과 압구정 거리를 배회했다.

태주는 친구들과 이렇게 압구정을 배회하는 것은 이곳이 바로 대한민국 최고의 연예 기획사들이 즐비하게 들어서 있기 때문이다.

그리고 태주와 그의 친구들의 꿈이 바로 연예인이 되어 이름도 알리고 돈도 많이 벌고 싶어 이곳을 떠나지 못하는 것이다.

오늘도 하루 종일 압구정 일대를 돌아다녔다.

혹시나 길거리에서 기획사 스카웃터에게 캐스팅을 당하지 않을까, 하는 기대 때문에 오늘도 기획사가 있는 인근에서 배회하였다.

하지만 압구정에 소속사가 있는 연예인들의 얼굴을 간간히 볼 수는 있었지만 스카웃터는 좀처럼 만나지 못했다.

사실 태주나 그의 친구들은 자신들이 TV에 나오는 어떤 남자 배우나 연예인들 보다 잘생겼다고 생각했다.

물론 지금까지 이들에게 다가온 스카웃터가 전혀 없는 것은 아니었다.

그렇지만 자신들이 대한민국 최고의 미남 스타라는 장동근이나 왕빈에도 꿀리지 않을 정도로 자신들이 잘났다고 생각하기에 웬만한 기획사의 스카웃터의 명함은 받지도 않았다.

하지만 객관적으로 이들의 얼굴은 그럭저럭 봐 줄 만한 얼굴일 뿐이었다.

더욱이 이들의 옷차림이나 풍기는 분위기는 전혀 장동근이나 왕빈의 발뒤꿈치에도 미치지 못하는 형편없는 것이다.

그러니 눈이 있는 스카웃터들은 이들에게서 스타로서의 끼를 발견하지 못했기에 접근을 하지 않은 것뿐이다.

하지만 이들은 그런 자신들의 처지도 못하고 대형 기획사들의 스카웃터들이 눈이 삐어 자신들을 발견하지 못했다고 생각할 뿐이다.

"상원아, 배고프다. 너 얼마나 있냐?"

태주는 친구들 중 한 명인 상원에게 얼마나 가지고 있는지 물었다.

일도 하지 않고 연예인이 되겠다고 백수 생활을 하다 보니 이미 집에서도 그에 대한 지원이 끊겨 있는 상태다.

그렇기에 현재 태주는 친구들에 빌붙어 생활을 하고 있었다.

"나도 오늘은 얼마 없는데……."

"새꺄! 누가 많냐고 물었냐? 얼마나 있는데그래?"

이들 무리의 우두머리격인 태주의 질문에 상원은 기분 나쁘다는 듯 인상을 살짝 찌푸리다 대답을 했다.

"난 만 원뿐이다."

상원의 대답에 태주 또한 인상을 찌푸렸다.

"너희는 얼마나 있냐?"

상원이 가지고 있는 돈이 너무도 적다는 생각에 다른 친구들에게 물었다.

그런 태주의 물음에 다른 친구들도 모두 비슷한 정도의 돈을 가지고 있을 뿐이었다.

사실 끼리끼리 어울린다고, 모두 태주와 비슷한 처지라 이들의 집에서도 겨우겨우 용돈을 챙겨 주는 정도였다.

그러다 보니 현재 이들의 수중에는 식당에 들어가 저녁을 먹을 정도의 돈도 되지 않은 정도만 있었다.

"아, 시발! 우리 처지가 왜 이렇게 됐냐……. 대한민국에 인재를 알아보는 새끼들이 없어!"

수중에 있는 돈을 물어보는 자신을 향해 친구들의 불만 어린 표정에 화가 난 태주는 괜히 허공에 대고 신경질을 냈다.

그런 태주의 행동에 친구들은 움찔하고 말았다.

자신들보다는 태주가 조금은 싸움을 잘하기 때문에 혹시나 괜히 화풀이로 맞을지도 모른다 생각이 들어 그런 것이다.

"야, 시발! 그 돈으로는 우리 밥도 못 먹을 것 같은데, 오랜만에 지나가는 놈 삥이나 뜯자."

갑작스런 태주의 제안에 친구들은 다른 친구들의 얼굴을 돌아보았다.

솔직히 이들도 배가 고픈 것은 마찬가지였다.

그래서 뭐라도 먹을 것을 사 먹고 싶었지만 수중에 있는 돈으로는 혼자 먹기도 빠듯했다.

그런 상태에서 빈털터리인 것을 알고 있는 태주가 어떤 식으로 반응할지 몰라 지금까지 조용히 있었다.

지금 태주가 학생 때나 했던 양아치 짓을 하자고 하니 잠시 망설이며 다른 친구들의 반응을 살핀 것이다.

그런데 친구들의 반응을 살피던 이들은 다른 친구들이 태주의 제안에 그리 싫지 않은 표정들이었다.

"그, 그래……."

작게 태주의 제안에 승낙을 한 친구들은 그때부터 길거리를 돌아다니면서 적당한 대상을 물색하기 시작했다.

그리고 어느 정도 주변을 살피다 적당한 먹잇감을 발견했다.

혼자서 여자 다섯 명을 데리고 음식점으로 들어가는 목표를 발견한 것이다.

"야, 저기 저거 어떠냐?"

"누구?"

태주는 고급 레스토랑으로 여자 다섯 명과 함께 들어가는 사내를 보았다.

딱 보기에도 자신들 어려 보이고 이제 갓 고등학교를 졸업한 모범생처럼 생긴 놈이었다.

그런데 이때 태주는 상원이 가리킨 곳에 보였던 목표를 보다 화가 나기 시작했다.

무슨 이유에서 그런 것인지 알 수는 없었지만 식당 안으로 들어가는 남자의 얼굴을 보자 화가 난 것이다.

"시발! 어떤 새끼는 부모 잘 만나 여자 끌고 밥 먹으러 다니는데, 누군 꿈을 찾아 방황하고 있으니, 젠장!"

괜히 화가 난 태주의 말소리에 상원이나 친구들도 덩달아 화가 나기 시작했다.

지금까지 자신들이 꿈을 이루지 못한 것이 모두 눈앞에 보이는 사내의 잘못인 것처럼 느껴진 것이다.

"저 새끼 나오면 치자!"

"그래, 개새끼! 나오기만 해 봐라!"

태주의 말을 들은 상원과 친구들은 사내가 식당에서 나오면 시비를 걸어 폭행하고 돈을 뺏기로 했다.

"누나, 그것만 먹고도 괜찮아요?"

수한은 자신의 앞에 있는 접시에 담긴 음식의 반이나 남긴 루나가 손수건으로 입을 닦으며 손을 놓자 그렇게 물었다.

보기에 무척이나 부족해 보인 탓에 때문에 걱정이 되었다.

파이브돌스는 가창력도 가창력이지만 격렬한 안무를 동반한 댄스곡을 가지고 무대에 오르고 있었다.

이들의 앨범은 언제나 강렬한 비트의 댄스곡과 감미로운 발라드곡이 적절히 섞인 앨범을 가지고 컴백을 했다.

이번에도 그렇게 앨범을 구성하고 나오지만 방송국에서 방송을 할 때는 가장 인기가 많은 댄스곡이 주를 이루었다.

팬들도 젊고 아름다운 이들이 가만히 무대에 서서 발라드를 부르는 것보다, 아름답고 육감적인 몸매를 과감하게 드러내며 퍼포먼스를 하는 댄스곡을 더욱 사랑했기 때문에 기획사에서도 어쩔 수 없이 방송에서나 행사에서는 댄스곡 위주로 구성해 무대에 올렸다.

이렇다 보니 이들이 하루에 소비하는 칼로리는 웬만한 운동선수들 못지않을 정도로 엄청났다.

그런데 1인분 나온 음식을 절반만 먹고 배부르다며 손을 놓은 루나의 모습이 수한은 걱정이 된 것이다.

친누나인 수정을 비롯한 오늘 처음 보는 다른 누나들은 자신의 앞에 놓인 음식을 다 먹고 디저트를 기다리고 있는데, 루나만 다르게 행동을 하니 더욱 걱정되었다.

"루나 누나, 어디 아파요?"

수한은 루나가 걱정이 되어 그렇게 물었다.

그런 수한의 질문에 루나를 뺀 다른 여인들의 표정이 어이없다는 표정을 하였다.

그리고 그런 언니들의 표정에 루나의 얼굴이 더욱 붉어졌다.

사실 루나가 배가 부르다며 먹기를 그만둔 것은 수한에게 잘 보이고 싶은 생각에서 나왔기 때문이다.

이들 파이브돌스 멤버들 중 가장 군것질을 잘하는 멤버가 사실 루나였다.

달고 열량이 높은 음식을 누구보다 좋아하는 루나는 혼자서 아이스크림 한 통을 다 먹을 정도로 단 것을 좋아했다.

하지만 한눈에 반한 이성 앞에서 그런 모습을 보일 정도로 루나도 어리석지 않았다.

그렇기에 괜히 지금 수한의 앞에서 여우 짓을 하는 것인데 수한이 그것을 눈치채지 못하고 걱정을 하는 것이다.

그리고 그런 수한의 엉성한 모습에 다른 레이나나 미나가 허탈한 표정을 하고, 또 친누나인 수정은 그런 것도 눈치채지 못하냐는 눈빛을 하고 동생을 보았다.

이미 언니들의 표정에서 자신이 무엇 때문에 이런 행동을 하고 있는지 알고 있음을 눈치챈 루나는 눈으로 언니들에게 도움을 요청했다.

'언니! 내가 앞으로 잘할 테니 제발……'

이렇게 수한이 알지 못하는 사실을 가지고 누나들이 눈빛으로 대화를 하고 있을 때 모두의 식사 시간이 끝났다.

"다 먹은 것 같으니 그만 일어나자."

수정은 모두 식사를 마친 것 같아 그렇게 말을 하였다.

"그래, 오늘 수한이도 알게 되고 오늘 참 즐거웠다."

레이나는 수정의 말을 받아 수한을 보며 밝게 웃으며 대답을 하였다.

그리고 미나도 레이나에 이었다.

"그래, 수정이에게 이렇게 잘생긴 동생이 있었다니……. 참! 수한이라고 했지?"

"네."

수한은 갑작스런 미나의 질문에 대답을 했다.

"너, 네 누나가 너 얼마나 걱정했는지 알지?"

"네."

"알고 있다는 더 말은 하지 않을게. 그러니 앞으로 수정이에게 잘해라."

"네, 잘 알겠습니다."

방송국을 나올 때 불쾌한 만남으로 인해 기분이 꿀꿀했던 수정은 동생 수한을 만남으로써 그런 기분이 모두 풀렸다.

그런데 저녁을 먹고 나가려던 때 미나의 갑작스러운 말에 귀가 쫑긋하였다.

조금은 주제 넘는 말이 될 수도 있는 이야기였지만 수한은 자신이 알고 있는 누나가 어떤 마음인지 잘 알고 있었기에 처음 보는 누나 친구의 말에도 귀를 기울여 그 말을 들었다.

"난 일단 나가 있을 테니 누나들도 준비하고 나오세요."

수한은 먼저 자리에서 일어나 계산서를 들고 카운터로 향했다.

"수한아 놔둬. 저녁은 누나가 사 줄게."

"아니야. 오늘 누나들 본 기념으로 오늘 저녁은 내가 살게."

"오!"

"와! 수한이 상남자네!"

비록 어리기는 하지만 수컷의 향기를 풍기는 수한의 말에 레이나는 물론이고 미나는 놀리듯 그렇게 수한의 뒤에 대고 소리쳤다.

그런 두 사람의 말 때문인지 조금 전부터 루나의 얼굴은 더욱 붉어져 있었으며, 뭔가 굳은 결심을 한 것처럼 수한의 뒷모습을 힐긋 거렸다.

맛나게 저녁도 먹고 즐거운 기분으로 레스토랑을 나서던 수한과 파이브돌스. 그런데 그런 좋은 기분은 식당을 벗어나고 5분도 되지 않아 무너졌다.

처음 보는 양아치들의 값싸고 저속한 멘트에 조금 전까지 좋았던 기분은 시궁창으로 곤두박질치고 말았다.

더욱이 괜히 시비를 걸며 행패를 부리는 양아치들의 모습에 수정은 참을 수가 없었다.

"당신들 뭔데 지나가는 사람 붙들고 행패야?!"

주변에는 많은 사람들이 지나가고 있었다. 하지만 성인 남성 네 명이 모여 시비를 거는 모습에 괜히 끼어들어 낭패를 볼 수 있다는 생각에 멀리서 지켜볼 뿐이었다.

수한은 자신의 뒤에 있는 누나들이 걱정이 되어 일단 그녀들을 자신의 차에 가 있으라 말을 하였다.

"누나, 다른 누나들 데리고 차에 가 있어."

"수한아 넌 어떻게 하려고?"

수정은 동생이 걱정되어 말했다.

그런 누나의 말에 수한은 누나를 돌아보며 말했다.

"누나, 걱정하지 마. 나 어디 가서 맞고 다닐 정도로 허약하지 않아. 그러니 걱정하지 말고 차에 가서 기다려. 괜히여기에 있으면 찍힐 수 있어."

수한은 도저히 자신의 곁에서 떨어지려고 하지 않는 수정의 모습에 그렇게 대답을 했다.

사실 어린 시절부터 양할아버지인 혜원에게 배운 무술도있고, 그것이 아니더라도 전생의 기억을 가지고 있는 수한이다.

비록 마법사였다고 하지만 수한이 당시 기사들이 알고 있는 포스 활성법을 몇 가지 알고 있었다.

수한이 현재 가진 능력은 마도사로서의 능력뿐 아니라, 육체적으로는 전생의 기사들 못지않은 신체능력을 가지고 있었다.

그러니 지금 눈앞에 있는 양아치들의 행태는 섶을 지고 불속으로 뛰어드는 행위나 다름없었다.

불안해하는 누나를 안심시키며 혹시나 누나와 파이브돌스의 얼굴이 휴대폰 카메라에 찍힐 수 있으니 일단 피해 있으라고 하였다.

그런 수한의 말에 레이나는 그의 말이 맞는 판단이라 생각하고 다른 멤버들을 데리고 수한이 주차시켜 놓은 차가 있는 쪽으로 향했다.

그러면서도 경찰에 지금 상황을 신고하는 것을 잊지 않았다.

수한의 뒤에 있던 여자들이 자리를 떠났지만 자신들의 목표인 수한이 남아 있자 양아치들은 수한을 둘러싸기 시작했다.

"여자들 앞이라고 막말하던데, 조금 뒤에도 그럴 수 있는지 보자!"

태주는 조금 전부터 여자들과 수한의 모습이 무척이나 아니꼬웠다.

앞에 있는 자신들은 신경도 쓰지 않고, 없는 사람 취급하는 것이 여가 배알이 꼬이는 것이 아니었다.

뿐만 아니라 가까이서 보니 수한의 얼굴이 너무도 잘생겼다.

여자들의 얼굴도 자신들이 본 어떤 여자들보다 예뻤다.

그렇게 수한과 파이브돌스의 모습을 가까이서 보게 된 양아치들은 처음 수한을 목표로 했던 것보다 더 화났다.

그리고 자신의 화를 주체하지 못하고 수한을 향해 주먹을

날리기 시작하였다.

하지만 양아치들의 주먹은 수한에게 전혀 위협이 되지 않았다.

비록 수한이 실전을 겪지는 않았지만 신체 능력만큼은 전생의 기사들 못지않았다.

그러니 전생의 뒷골목 조직보다도 못한 신체 능력을 가지고 있는 눈앞의 양아치들의 주먹은 수한에게 전혀 위협이 되지 않았고, 오히려 날아오는 주먹을 보면 하품을 할 지경이었다.

그러다 보니 수한은 양아치들이 휘두르는 주먹 사이사이를 마치 나비가 춤을 추듯 유영하였다.

그리고 그런 수한의 모습은 거리에서 수한과 양아치들을 지켜보던 사람들의 카메라에 포착이 되었다.

거리뿐 아니라 수한과 파이브돌스가 나온 레스토랑 안에서도 수한과 양아치들의 싸움을 지켜보는 사람들이 창가에 포진해 있었다.

그들의 손에는 자신들의 휴대폰이 들려 있었는데, 그들은 자신의 휴대폰으로 수한과 양아치들의 싸움을 녹화하면서, 실시간으로 그 장면을 SNS에 올리며 '좋아요'를 받고 있었다.

주변 사람들이 자신들의 모습을 촬영하고 있다는 것도 모르고 수한과 양아치들은 활극을 벌이기 시작했다.

4:1의 싸움이었지만 네 명이 절대로 유리해 보이지는 않았다.

한편 양아치들의 우두머리인 태주는 시간이 지날수록 뭔가 잘못됐다는 생각이 들었다.

자신들이 아무리 주먹을 휘두르고 발길질을 하여도 지치는 것은 자신들뿐인 것이다.

친구들 둘은 벌써 지쳤는지 거칠게 숨을 헐떡이는 모습을 하고 있었다.

그나마 상원과 자신만이 조금은 여유가 있었지만 그건 다른 친구들과 비교를 해서 그런 것이지 목표였던 수한과 비교를 하면 전혀 아니었다.

그런 양아치들의 모습을 차분하게 지켜보던 수한은 자신을 향해 주먹을 휘두르며 들어오는 양아치의 발을 걸어 넘어뜨렸다.

툭.

들어오는 앞발을 살짝 차 버려 중심을 무너트리니 양아치는 바로 볼썽사납게 다리를 벌리며 쓰러졌다.

그런 양아치를 돌아 또 다른 양아치에게 접근해 등을 살짝 밀었다.

지친 양아치는 수한이 등을 떠밀자 그 힘을 흘리지 못하고 앞으로 날아갔는데, 그가 나가는 방향에는 먼저 쓰러져 있던 양아치가 자리하고 있었다.

갑작스러운 변화에 근육이 감당을 못해 통증을 호소하며 자리에서 일어나지 못하던 양아치 위에 날아간 또 다른 양아치. 그 때문에 두 사람은 서로 마주 보며 피하지 못하고 부딪혔다.

"비, 비켜!"

"오지 마! 악!"

이미 중심이 무너져 자력으로는 몸을 통제할 수 없던 두 양아치는 그만 충돌을 하였다.

쿵!

소리와 함께 두 사람은 충돌해 신음을 흘렸다.

"제길!"

두 친구의 모습에 태주는 작게 중얼거렸다.

나이도 어려 보여 별거 아니라 생각하고 타깃으로 삼았는데, 뚜껑을 열어 보니 싸움꾼도 이런 싸움꾼이 없었다.

이미 잠자는 사자의 코털을 건드렸다는 것을 깨닫고 있었지만 이미 자신들은 돌아올 수 없는 길을 이미 건넌 것이다.

"야아!"

하는 수 없이 이판사판으로 고함을 지르며 수한을 향해 뛰어들었다.

그렇지만 그런 마지막 시도는 보기 좋게 실패로 돌아가고 말았다.

수한의 동작은 한 점 거슬림이 없는 동작이었다.

둥글둥글 동그라미를 그리듯 동작에 끊기는 일 없이 물 흐르듯 연결이 되었다.

마치 잘 짜인 연극을 보듯 양아치들의 동작에 거슬림이 없이 하나둘 처리를 하니 얼마 지나지 않아 양아치들은 모두 바닥에 쓰러졌다.

그리고 양아치들이 쓰러지고 얼마 지나지 않아 멀리서 사이렌 소리가 울리며 경찰이 도착을 하였다.

"김 기자님, 기사 이렇게 쓰실 겁니까? 사실 확인도 하지 않고, 이런 식이면 저희도 그냥 있지 않겠습니다. 예, 예. 정정 보도 일 면에 확실히 실어 주실 거라고 믿겠습니다."

따르릉!

와글와글! 왁자지껄!

천하엔터테인먼트 사무실은 때 아닌 전쟁터를 방불케 하였다.

여기저기서 걸려 오는 전화와 속보로 나간 스캔들 기사로 인해 천하엔터테인먼트에 소속된 관계자들은 비상이 걸렸다.

다른 연예인도 아니고 천하엔터의 간판인 파이브돌스가 연관된 폭력 시비로 인한 스캔들이었다.

더군다나 그중에는 잘생긴 남자와 함께 있었다는 증언까지 나오면서 일은 점점 이상한 방향으로 흐르기 시작했다.

처음 뉴스에 나올 때까지만 해도 파이브돌스는 그저 주체가 아닌 배경 즉, '파이브돌스가 근처에서 폭력 사건이 있었다' 라는 보도에서, '파이브돌스와 함께 있던 일행이 불량배와 시비가 붙었다' 이런 수순으로 진행이 되었지만, 지금은 파이브돌스와 연애를 하는 남자가 행인을 폭행했다고 와전이 되어 퍼지고 있는 것이다.

시간이 흐르면서 사건의 본질은 사라지고 파이브돌스와 함께 있던 남자의 정체, 그리고 그들의 관계에 관해서만 이상야릇한 분위기를 풍기며 퍼지고 있었다.

그 때문에 천하엔터는 사실과 다른 뉴스보도나 신문가십들에 대하여 해당 기사를 쓴 기자에 관해선 강력히 항의를 하는 한편, 정정 보도를 내줄 것을 요구하고 있었다.

하지만 천하엔터에서 그렇게 신문사에 요구를 하여도 말을 들어 주는 곳보다는 변명을 하며 오히려 적반하장으로 큰소리치는 곳도 있었다.

그런 언론은 일체 관계를 끊고 법적 대응을 하기로 방침을 정한 천하엔터라 통화를 하면서도 강력히 경고를 했다.

파이브돌스가 그냥 천하엔터의 간판 연예인이 아니라 그 멤버 속에는 모그룹인 천하그룹의 회장인 정대한 회장의 손녀가 소속이 되어 있다.

로열 패밀리에 속하는 정수정이 소속된 그룹인 것이다.

그런데 그런 그룹에 흠집을 내려는 이들을 그저 바라보고만 있을 정도로 천하엔터의 직원들이 멍청하지도, 그렇다고 회사에 충성심이 약한 것도 아니다.

"어떻게 되어 가고 있어?"

천하엔터의 사장인 정영화는 직접 이번 사건의 수습하고 있는 부서까지 내려와 물었다.

정영화에게 파이브돌스는 자신의 친자식과도 같이 애정을 쏟은 그룹이다.

첫 사장의 자리에 앉고 야심차게 기획한 작품이 바로 파이브돌스였다.

그룹의 리더에 자신의 조카가 있는 것뿐만 아니라 다른 멤버도 자신의 손으로 발탁해서 가르친, 그야말로 정영화 자신의 분신과도 같은 존재들이었다.

그런 그룹이 지금 억울한 일을 당하고 있자 그냥 자리에 앉아 대책을 기다리기보다 직접 내려와 진두지휘를 하는 것이다.

"최 실장! 천하가드에 연락해! 이번 사건과 조금이라도 연관된 사람은 모두 털라고 해!"

"알겠습니다."

급기야 정영화는 자신의 남편이 사장으로 있는 천하가드에 까지 연락을 하라고 자신의 비서에게 지시를 내렸다.

천하가드와 천하엔터는 같은 그룹 계열사라는 것 말고도 개인적으로는 사장끼리 부부이며, 회사끼리도 협력 관계에 있는 아주 돈독한 사이다.

현재 천하가드도 정보원을 총동원해 이번 일을 왜곡한 세력을 찾고 있었다.

사실 처음 사건과 현재의 사건 내용은 180도 다른 방향으로 흐르고 있었다. 또 어딘지 모르게 조직적으로 사건을 왜곡하고 있다는 정황을 포착했다.

그렇지 않고서야 사건이 발생한 지 단 며칠 사이에 이렇게 내용이 왜곡될 수는 없었기 때문이다.

"참! 최한나 실장은 뭐하고 있나?"

"예, 최 실장은 현재 파이브돌스 숙소에 있습니다. 아마도 이번 일로 불안에 떨고 있을 아이들을 위로하고 있을 것입니다."

"그래? 그럼 파이브돌스 담당 매니저들은 어떻게 하고 있지?"

파이브돌스의 총괄매니저인 최한나의 행방을 묻던 정영화는 다른 매니저들의 행방을 물었다.

"네, 매니저들은 혹시 모를 사태를 대비해 숙소 근처에 대기를 하며 언론의 접근을 통제하고 있습니다."

정영화는 비서의 대답에 만족을 하고 고개를 끄덕였다.

"잘 지켜 주라고 해! 내 이번 일을 뒤에서 조종한 놈들을 찾아내기만 하면 가만두지 않을 거야!"

비서의 말을 들은 정영화는 매니저들이 잘하고 있다고 판단을 하고 이번 일을 왜곡하고 호도한 세력을 찾아내 응분의 대가를 치르게 해 주겠다 다짐했다.

여자가 한을 품으면 오뉴월에도 서리가 내린다고 했다.

현재 정영화의 주변에서 풍기는 기운은 그 이상이었다.

자식 같이 키운 아이들.

그런 아이들이 피해자인 아이들이 오히려 가해자가 되어 사람들에게 뭇매를 맞고 있었다.

사람들은 무엇이 진실인지 들을 생각도 않고 그저 사실 확인도 되지 않은 소문만 믿고 파이브돌스를 욕했다.

"참! 수한이는 어떻게 한다고 해?"

사실 정영화는 밤늦게 파이브돌스가 경찰서에 있다는 연락을 받고 깜짝 놀랐다.

보통은 매니저가 처리했어야 할 일이지만 무슨 일인지 전화를 건 수정은 매니저가 아닌 자신에게 연락을 했던 것이다.

그리고 부랴부랴 옷을 챙겨 입고 경찰서에 가서 본 것은 편안한 모습으로 경찰들과 사진을 찍고 있는 파이브돌스의 모습이었다.

무슨 불미스런 사건 때문에 연락을 한 것으로 알았는데 사실은 그렇지 않았다.

그저 저녁을 먹고 나오는 자신들을 향해 불량배들이 시비를 걸었는데, 조카가 그들을 제압했다는 것이다.

정영화는 무슨 일인지 자세히 알기 위해 담당 형사를 찾아가 사건일지를 보게 되었다.

그리고 그 안에서 사건이 어떻게 일어나게 되었는지 알게 되었다.

18년 만에 실종되었다가 돌아온 어린 조카가 누나들을 지키기 위해 혼자 성인 남자 네 명과 싸움을 하였다는 것이다.

그런데 아무런 상처도 없고 또 시비를 걸었던 상대도 어떤 외부 위해도 없이 제압을 했다는 사실에 깜짝 놀랐다.

자신이 누군가.

어려서부터 아버지 따라 무술을 익히고 자신의 남편은 국내 최고의 경호회사인 천하가드의 사장이 아닌가.

그렇다 보니 싸움을 하면서 상대를 상처 없이 제압한다는 것이 얼마나 어려운 일이란 것을 잘 알고 있었다.

일반 체육관에서 약속 대련을 하는 것도 아니고, 길거리에서 시비가 붙어 싸움을 하게 된 상태에서 상처 없이 상대를 제압하려면 그 상대보다 월등한 실력이 있어야 하는 것은 물론, 전체적인 상황 파악 능력 또한 뛰어나야 한다.

그래야만 현장을 지배하고, 상황을 지배하며 또 상대를 제압할 수 있는 것이다.

그런 것을 어린 조카가 그것도 성인 네 명을 홀로 제압했다는 것에 경악을 금할 수가 없었다.

처음 수정을 통해 인사를 했을 때만 해도 큰 키이기는 했지만 말쑥하고 호리호리한 체형의 조카였다. 첫인상은 고생하지 않고 바르게 큰 모범생 이미지였던 것이다.

더욱이 미국에서 유학을 하고 조기졸업과 박사 학위까지 받고 왔다는 사실을 알게 되면서 그녀에게 수한의 이미지는 꽃미남 모범생이었다.

그런데 이렇게 자신이 생각하지 못했던 싸움 실력을 가지고 있을 줄은 예상하지 못했다.

"정 박사는 저희가 기자회견을 할 때 함께하기로 했습니다."

정영화의 비서는 수한을 정 박사라고 부르며 수한이 한 이야기를 전달했다.

그런 비서의 말에 고개를 끄덕인 영화는 비서에게 또 다른 지시를 내렸다.

"기자회견을 오래 끌면 더 안 좋은 쪽으로 소문이 날 테니 당장 기자회견 준비해! 참! 그리고 당시 담당 형사에게도 연락해서 사건일지하고 그 사람도 회견장에 와 달라고 말해!"

"알겠습니다, 사장님!"

정영화는 모든 지시를 내린 뒤 창밖을 보며 차갑게 눈빛을 빛냈다.

마치 그 모습은 먹이를 노려보는 암사자의 눈빛과도 비슷했다.

천하엔터가 소문을 잠재우기 위해 동분서주하고 있을 때 서울 하늘 한곳에서는 신문을 보며 호탕하게 웃는 이가 이었다.

"하하하하!"

김장근 전무는 자신의 사무실에서 오늘자 신문을 보며 큰 소리를 내며 웃고 있었다.

하지만 방음이 잘되어 있는 것인지 그의 웃음소리는 외부로 유출되지 않았다.

똑똑!

한참 기분이 좋아 웃고 있을 때 밖에서 문을 두드리는 노크 소리가 들였다.

"누구야!"

딸깍!

"전무님, 손님 오셨습니다."

문을 열고 안으로 들어온 비서는 대답을 하였다.

"누군데?"

비서에게 자신을 만나러 온 손님이 누군지 물어보려는데, 비서의 뒤에서 조금 어눌한 한국어가 들려왔다.

"긴 상, 그동안 잘 계셨습니까?"

목소리의 주인공은 바로 일본 대동제약 주식회사의 상무인 하야시의 비서인 료코였다.

"아니, 비서실장님이 어쩐 일로 저희 회사를 찾아오셨습니까?"

상무도 아닌 그 비서에게 김장근은 저자세로 인사를 했다.

그런 김장근 전무의 모습에 그의 비서는 못 볼 것을 봤다는 듯 얼른 고개를 숙였다.

괜히 상사의 치부를 알은 체를 했다가는 회사 생활이 어려워진다는 것은 다년간 사회생활을 하며 터득한 비서로서, 조금 전 상황을 못 들은 척을 해야만 했다.

"전무님! 차를 어떤 것으로 준비를 할까요?"

비서는 아무것도 모른다는 표정으로 물었다.

그런 비서의 물음에 아직도 상황을 깨닫지 못한 김장근은 고개를 돌려 료코에게 물었다.

"무슨 차로 드시겠습니까?"

"차는 됐습니다. 전 그 일이 어떻게 진행되고 있는지 알아보라는 상무님의 지시를 받고 이곳에 왔습니다."

료코는 김장근의 질문에 자신의 용건만 간단히 대답을 했다.

그런 료코의 모습에 짧게 눈살을 찌푸리던 김장근은 금방 표정을 풀고 대답을 했다.

"아 예. 새로운 업체는 이미 물색해 놓았고, 이번에는 전처럼 실수 없이 준비가 끝났습니다. 이미 그곳 사장에게도 언질을 주었기에 가서서 계약만 하면 끝납니다."

김장근은 하야시 상무가 어떤 일을 궁금해하는지 알고 바로 준비했던 대답을 하였다.

그런 김장근의 말에 료코는 작게 고개를 끄덕였다.

"잘 알겠습니다. 상무님께 그렇게 전하겠습니다. 그런데……."

료코는 말을 하다 말고 말끝을 흐렸다.

그런 료코의 모습에 김장근은 눈빛을 빛냈다.

지금 료코가 하려는 질문이 무엇인지 그 또한 눈치챌 수 있었기 때문이다.

"혹시 저희 일을 방해했던 그를 말하고 싶은 것입니까?"

혹시나 싶은 생각에 김장근이 질문을 하자 료코는 말없이 고개를 끄덕였다.

자신의 짐작이 맞았다는 것을 깨달은 김장근은 조용히 조금 전 자신이 읽던 신문을 가지고 료코의 앞에 펼쳤다.

"이것이 무엇이므니까?

자신의 앞에 아무런 말도 없이 신문을 내놓는 김장근의 모습에 신문과 그의 얼굴을 번갈아 보며 고개를 갸웃거렸다.

그런 료코의 모습에 김장근은 자신도 모르게 마른침을 삼켰다.

김장근도 잘 알고 있었다. 료코가 단순히 하야시 상무의 비서만이 아니란 사실을 말이다.

자신 역시 내연녀를 한 명 두고 있었지만 눈앞에 있는 료코의 모습에 순간 욕념이 흘렀다.

정말이지 김장근도 순간 이성을 잃을 뻔하였다.

어떻게 보면 아무것도 모르는 것 같은 순진무구한 모습 같기도 하고, 또 어떻게 보면 모든 남성을 욕망의 포로가 되게 할 정도로 섹시한 매력을 발산하는 료코의 모습은 정말이지 남자를 파멸로 이르게 하는 유혹이었다.

순간의 욕념에 넘어갈 뻔도 하였지만 김장근은 그 순간을 잘 참아 냈다.

현재 자신은 눈앞의 매력적인 여성보다도 약자였다.

자신이 속한 일신제약은 료코가 소속된 대동제약 주식회사에 비해 낮은 입장이었다.

직책을 떠나 그 입장에서 감히 갑에게 어떻게 할 수단이 없었다.

그러니 지금은 끓어오르려는 음심을 참고 조아려야 했다.

'제길, 오늘도 미예를 찾아가야겠군!'

끓어오르는 욕망에 참을 수 없었던 김장근은 자신의 내연녀인 나미예를 찾아가야겠다는 생각을 하며 억지로 찾았다.

그런 김장근의 모습에 료코는 순간 눈을 반짝였다.

사실 조금 전 료코의 행동은 다분히 의도된 행동이었다.

남자를 유혹하는 법을 알고 그것을 잘 활용해 지금의 지위에 오른 료코다.

자신의 상사인 하야시의 명령으로 지금 일신제약에 와 있었다.

그리고 상사인 하야시를 도와주는 일신제약의 전무를 유혹해 약점을 잡고 회사에 조금 더 유리한 계약을 하려고 하였는데, 자신의 의도를 눈치챈 것인지 아니면 의지가 굳은 것인지 자신의 유혹을 뿌리친 김장근을 다시 보게 되었다.

하지만 그런 판단도 잠시 김장근의 태도에 자신의 유혹을 완전히 벗어난 것이 아니란 것도 알게 되었다.

'앞으로 조금만 더 하면 넘어오겠군!'

료코는 암거미가 먹이를 노리듯 속으로 입맛을 다셨다.

비록 자신이 상사인 하야시 상무의 비서이자 내연녀이기는 하지만, 그녀도 나름대로 욕망이 있었다.

언제까지 하야시의 정부로 남아 있고 싶은 생각은 없었다.

어떻게든 회사에서 하야시처럼 이사의 직책을 받아 남자들 위에 군림하고 싶었다.

그렇기 위해선 회사에 이익이 되도록 노력을 해야만 했다.

그리고 료코는 자신의 능력을 알고 있으면 어떻게 하면 회사에 도움이 되고 자신에게 도움이 되는지 잘 알고 있었다.

현재 하야시 상무의 정부로 있는 것도 사실 자신의 지위를 상승시키기 위해 그의 정부 노릇을 하고 있는 것이다.

"음음…… 어디까지 말을 했지요?"

김장근은 순간 료코에게 음심을 품을 것을 감추기 위해 신음을 몇 번 하고 물었다.

그런 김장근의 질문에 료코는 빙그레 미소를 지으며 대답했다.

"한국지사 설립에 필요한 회사를 찾았다는 말을 했으무니다. 그리고 다른 일에 관해서 하려던 차였스무니다."

료코의 대답을 들은 김장근은 자신의 앞에 놓인 신문의 한쪽을 가리키며 말했다.

"바로 이자가 우리 일을 방해했던 자입니다. 그래서……이렇게 기사를 쓰도록 매수했습니다."

김장근의 이야기는 요즘 한참 잘나가는 연예인과 함께 있던 그를 엮어 스캔들을 일어나게 했다는 것이다.

뿐만 아니라 사건을 왜곡해 피해자를 가해자로 만들었고, 앞으로 더욱 사건을 키워 결국 그가 가로챈 회사까지 언급하게 함으로써 그의 부도덕한 모습을 부각시킨다는 말이었다.

비록 화끈한 복수는 아니지만 사회적으로 매장을 시키는 것이기에 료코로서도 썩 나쁘지 않은 계획이라 생각이 들었다.

"괜찮은 계획이군요."

"그렇습니다. 그리고 그것 말고 이자가 나락으로 빠져들었을 때 준비한 것도 있습니다."

얼마 전 찾아간 조폭에 관한 것을 간략하게 설명을 하며 최종적으로 자신들의 일을 훼방 놓았던 수한을 육체적으로도 보복을 하겠다는 말이었다.

1차로 사회적으로 매장을 하고 또 2차로 폭행을 하겠다는 김장근의 말에 료코의 눈은 더욱 요요롭게 반짝였다.

"하, 정말 어처구니가 없네!"

수한은 퇴근해 샤워를 마치고 뉴스를 보았다.

그런데 얼마 전 있었던 일에 관한 뉴스가 나오고 있었는데, 그 내용이 너무도 어처구니가 없었기 때문이다.

평범하게 누나들과 저녁을 먹고 나오는 자신을 향해 시비를 걸었던 양아치들은 뉴스에서 그저 단순히 길을 가던 행인이 되어 있었고, 자신은 술 먹고 객기를 부린 불한당이 되어 있었다.

이것은 엄연히 명예훼손에 해당하는 일이다.

절대로 이 일을 그냥 넘어가서는 안 될 일이었다.

다만 자신이야 연예인이 아니기 때문에 법적으로 처리하면 되는 문제였지만 누나들은 아니었다.

비록 오래 알게 된 것은 아니지만 자신의 친누나와 친구이자 같은 그룹 멤버들이었다.

그런 누나들이 자신의 행동으로 피해를 볼 수도 있는 일이기에 함부로 행동을 할 수가 없었다.

비록 천하엔터에 사건에 대한 진행을 위임을 해 놓은 상태였기에 좀 더 참아야 하겠지만 거짓을 마치 사실인 것처럼 보도를 하는 뉴스를 보니 화가 났다.

따르르릉!

뉴스를 보다 화가 나는 것을 다스리고 있을 때 전화벨이 울렸다.

"여보세요."

전화를 받은 수한은 잠시 멈칫거렸다.

어디서 들어 본 목소리이긴 했는데, 전화를 건 사람이 누구인지 잠시 생각이 나지 않았기 때문이다.

수한이 잠시 전화를 받다 멈칫한 것을 느꼈는지 상대는 자신을 소개하고 용건을 말하였다.

─안녕하십니까? 전 천하엔터의 사장님이신 정영화 사장님의 비서실장입니다. 다름이 아니라 내일 저녁 6시에 회사 로비에서 기자회견을 할 것입니다. 정 박사님도 그 자리에 참석을 해 주셨으면 해서 전화를 드렸습니다.

전화를 건 상대가 누군지 그리고 무슨 용건으로 전화를 했는지 알게 된 수한은 고개를 끄덕이며 대답을 하였다.

"아 네, 알겠습니다. 그럼 내일 5시 반까지 천하엔터로 가겠습니다."

통화를 마친 수한은 무엇 때문에 천하엔터에서 기자회견을 하려는 것인지 짐작할 수 있었다.

이미 변호사와 이번 루머에 관한 상담을 한 상태이기에 천하엔터에서 어떻게 대응을 할 것인지 예상한 것이다.

전화기를 내려놓은 수한은 어두운 창밖을 보며 뭔가 생각에 잠겼다.

'도대체 어떤 놈들이 무슨 의도로 이런 일을 꾸민 것일까?'

수한은 정말이지 이번 루머를 무슨 의도로 호도하며 일을 키운 것인지 궁금해졌다.

그렇기에 수한은 이번 일을 꾸민 자들의 정체를 알아내기 위해 흥신소에 의뢰를 해 놓은 상태였다.

만약 자신도 모르는 음모가 있다면 그 음모를 꾸민 자를 용서하지 않을 것이라 다짐했다.

그냥 당하는 것은 전생으로 족했다.

현생에서는 절대로 참을 않을 것이다.

벌써 힘이 없어 한 번 원치 않는 일을 겪었다.

더 이상 그런 억울한 일을 당하고 살 생각이 없었다.

자신은 힘이 있었고 또 어떻게 힘을 써야 할지도 잘 알고 있었다.

그동안은 자신이 가진 힘을 어린 마음에 주체하지 못하고 마구 사용할 것만 같아 꾹 참고 있었을 뿐.

비록 자신이 전생의 기억을 가지고 있다고 하지만 때때로 어린 육체와의 괴리로 불안정할 때가 있었다.

그럴 때면 작은 분노에도 쉽게 흥분을 가라앉히지를 못했다.

하지만 지금은 다르다.

나이를 먹고 수양을 하면서 정신도 육체도 성장을 하며 일치가 되었다.

태풍의 중심이 가장 조용하다고 했던가. 지금 수한은 최대한 자신의 분노를 숨죽이며 때를 기다리고 있었다.

사건을 왜곡해 자신의 주변을 힘들게 하는 이들이 밖으로 밝혀질 때를 말이다.

8.
밝혀지는 진상

천하엔터테인먼트 본사 로비는 늦은 시각이었지만 사람들로 북새통을 이루었다.

찰칵! 찰칵!

직원들은 물론이고 많은 기자들 때문에 로비는 꽉 막혀 어수선하였다.

"정영화 사장님! 방금 발표하신 말씀이 사실입니까?"

"그렇습니다. 이번 파이브돌스와 관련된 루머는 절대 사실이 아닙니다. 여기 당시 사건 담당 형사님께서 나와 계시니 물어보시면 제 말씀이 진실인지 아니면 거짓인지 알게 되실 것입니다. 그리고 저희 천하엔터는 이번 사건에 관련된 거짓된 정보를 퍼뜨리는 사람들에게 강력한 법적 조치를 취할 것을 이 자리에서 발표하겠습니다."

정영화 천하엔터 사장은 기자들의 질문이 있자 그에 대한 답변을 하며 강력 대응을 하겠다는 발표를 하였다.

찰칵! 찰칵!

그녀의 말이 떨어지기 무섭게 주변에 있던 카메라 기자들은 일제히 카메라 셔터를 누르며 이 사실을 카메라에 담았다.

"강력 대응을 하겠다면 어느 선까지 생각하시고 계신 것입니까?"

기자들은 그동안 각종 루머에 시달리는 연예인들이 개인 혹은 소속사와 연계해 악성 루머와 관련된 대처를 할 때마다 그와 관련된 기사를 실어 날랐다.

그런데 연예인이 루머와 관련해 대응을 할 때 어느 정도로 대응을 하느냐에 따라서 기사 내용도 달랐다.

이는 루머를 접하는 팬들의 입장에서 대응이 너무 과하거나 아니면 너무 형식적으로 치우치는 경향이 있었기에 이번에도 그 수위를 물은 것이다.

그런 기자의 질문에 정영화 사장은 단호한 표정으로 차갑게 답하였다.

"이번 일은 단순한 사건이 아닙니다. 사건과 관련도 없는 저희 소속 연예인에게 불명예스러운 이미지를 가지게 한 것

GREAT
KOREA
그레이트 코리아

은 물론이고, 또 사실과 관계없는 거짓을 마치 진실인 것처럼 꾸며 저희 천하엔터는 물론, 그룹 이미지까지 실추한 것에 대한 손해배상을 청구할 생각입니다."

"손해배상이요?"

"그렇습니다. 그동안 악성 루머를 양산하는 안티들을 팬이라는 생각에 연예계는 최대한 양보를 하며 그들을 대했습니다. 하지만 아직도 그런 악성 루머를 양산하는 안티들은 반성은 커녕 사라지지 않고 오히려 연예인들의 약점을 잡았다고 생각해 더욱 교묘하게 연예인들을 벼랑으로 몰아갔습니다. 이것은 연예계뿐만 아니라 선량한 팬들을 생각하면 뿌리를 뽑아야 할 것입니다. 그렇기에 저희 천하엔터는 모든 비난을 무릅쓰고 법이 허용하는 최선을 다해 안티들과 싸울 것입니다."

목에 핏대까지 세워 가며 열변을 토하는 정영화 사장의 서슬에 기자들은 물론이고 옆자리에 앉아 있던 형사까지 긴장을 하였다.

조용한 가운데 한 기자의 질문이 있었다.

"저 그런데 동영상에 나온 그 남자는 파이브돌스와 어떤 관계를 가지고 있는 것입니까? 그 늦은 시각에 왜 그들은 함께 있었던 것입니까?"

왠지 천하엔터와 각을 세우고 있는 듯 조금은 민감한 질문이었다.

질문을 한 사람은 마치 파이브돌스와 동영상에 나온 남자가 부적절한 관계를 맺고 있는 것은 아니냐는 뉘앙스로 물었다.

그런 저질스런 질문에 모든 사람들이 침묵을 하며 정영화 사장을 돌아보았다.

그때 자리에 있던 수한이 대신 마이크를 들고 대답을 하였다.

"아니……."

"방금 질문은 아마 저를 두고 하는 질문 같은데, 그 질문은 제가 답변하겠습니다."

수한이 질문을 받은 정영화 사장을 대신에 마이크를 들고 대답을 하자 기자들은 그동안 기자회견장에 앉아 있는 수한의 정체에 대하여 무척이나 궁금해하였다.

잘생긴 외모의 사내가 파이브돌스의 스캔들 해명 기자회견장에 앉아 있는 것에 의아해하기도 했다.

물론 몇몇 눈치 빠른 기자들은 수한의 모습을 보고 혹시 동영상의 주인공은 아닌가, 하는 예상을 하고 있었다.

"제 이름은 정수한이라고 합니다. 이름에서 짐작을 하시겠지만 파이브돌스의 리더인 크리스탈과는 남매 사이입니다."

웅성! 웅성!

수한이 자신의 정체에 대하여 발표를 하자 기자들 사이에서 소란이 일었다.

"믿을 수 없습니다. 파이브돌스의 리더, 크리스탈의 가족 관계는 팬들에게 많이 알려진 상태입니다. 크리스탈의 가족 관계는 캄보디아 대사로 부임하신 정명수 대사와 패션디자이너이신 조미영 여사님이 계시고, 동생은 없는 것으로 알려졌습니다. 그런데……"

질문을 했던 기자는 수한의 말을 믿을 수 없다며 반박을 하였다.

그렇지만 수한은 입가에 미소를 지으며 테이블에서 서류한 장을 들어 올렸다.

"이건 제 유전자를 검사한 결과가 나온 서류입니다. 여기 오신 기자님들은 19년 전 크리스탈의 동생이 백화점에서 유괴범에게 납치가 되었다가 실종이 되었다는 것을 알고 계실 것입니다."

수한은 19년 전 자신에게 일어났던 유괴사건을 언급했다.

그리고 파이브돌스의 리더, 크리스탈의 가족 사항은 이미 널리 알려져 있는 상태라 기자들은 모두 고개를 끄덕였다.

크리스탈은 방송에 데뷔를 하고 인터뷰를 할 때 자신의 가족 관계와 자신이 연예인이 된 사연을 말했었다.

오래전 실종된 동생을 찾기 위해 TV에 얼굴을 알리려 나왔다는 인터뷰를 했었다.

그런 크리스탈의 가족사를 팬들은 물론이고, 이 자리에 있는 기자들도 모두 알고 있었다.

"그럼 당신이 당시 유괴되었던 크리스탈의 동생이란 말씀입니까?"

조금 전 질문을 했던 기자의 옆자리에 있던 또 다른 기자가 질문을 하였다.

"그렇습니다. 이미 가족들과는 사실 확인을 끝낸 상태입니다. 그리고 조금 전 무엇 때문에 늦은 시간에 있었냐고 했는데, 기자님들은 저녁에 밥 안 드세요?"

수한은 질문에 답을 하기보단 오히려 질문으로 답변을 대신했다.

비록 저녁밥을 먹기 위한 시간이라고 하기에는 조금 늦은 시간이긴 했지만, 연예인의 저녁 식사 시간이란 일정하지 않다는 것은 이 자리에 있는 사람들이라면 모두 알고 있는 일이었다.

"바쁜 스케줄로 자주 만나지도 못하는데, 동생으로서 누나의 연락을 받고 저녁 식사를 함께 하는 게 이상한 것입니까?

더욱이 대한민국 최고로 핫한 스타를 소개해 주겠다는데, 기자님들이라면 나가지 않겠습니까?"

"하하하하!"

대답을 하면서도 수한은 여유를 잃지 않고 살짝 농담을 섞어 가며 분위기를 주도하였다.

그러다 보니 기자회견장의 분위기는 대체로 수한과 천하엔터에게 좋은 쪽으로 흘러갔다.

"저 그런데 정수한 씨는 언제 자신이 천하그룹의 회장님이신 정대한 회장님의 손자란 것을 알게 되셨습니까?"

이미 기자회견을 하게 만든 루머는 일단락된 분위기였다.

그렇기에 기자는 자신이 파이브돌스의 리더 크리스탈의 실종되었던 동생이며, 천하그룹의 회장님이신 정대한 회장님의 손자라고 말하는 수한에게 언제 그 사실을 알게 되었는지 물어 왔다.

그런 기자의 질문에 수한은 사실 그대로를 말했다.

"그건 제가 납치된 곳에서 탈출을 하고 얼마 지나지 않아 알게 되었습니다."

"아니, 그게 말이 되는 소립니까?"

아까 수한과 파이브돌스를 이상한 관계가 아니냐고 질문을 했던 기자가 또다시 나서서 수한의 말을 끊으며 끼어들었다.

이미 기자회견을 지켜보며 누가 자신들 쪽에 호의적인지 아닌지 느끼고 있던 수한은 그 기자를 냉정하게 쳐다보며 말했다.

"방금 질문을 하신 기자님은 기자로서의 소양이 조금 부족한 것 같습니다."

수한은 자신과 천하엔터에 적대적인 반응을 보이는 그 기자를 노려보며 그렇게 말을 하였다.

그런 수한의 말에 기자는 화를 냈다.

"뭐라고?!"

"아니, 기자라면 당시 저에 관한 기사 정도는 알고 있어야 하는 것 아닙니까? 그것도 알지 못하면서 지금 제가 거짓말을 한다고 말하는 것입니까?"

수한이 말을 하는 동안 앞에 앉아 있던 기자들은 수한에 대한 19년 전 기사를 살피고 있었다.

수한의 말이 사실인지 아닌지 앞으로 어떤 질문을 할 것인지 알기 위해 사전 조사를 하는 것이다.

하지만 이미 자신이 편한 쪽으로 생각을 하고 있던 기자는 취재 대상에 대한 정보를 알아봐야 한다는 기본적인 것도 살피지 않고 질문을 했다가 수한에게 면박을 당하였다.

다른 동료 기자들 앞에서 망신을 당한 기자는 분을 참지 못하고 얼굴이 붉어졌다.

그렇지만 지금 화가 난 그를 위로하는 기자는 아무도 없었다.

그들은 그가 수한과 각을 세우며 대립하고 있는 동안 수한에 관한 정보를 수집을 했기 때문이다.

19년 전 벌써 천재 아기로 한바탕 대한민국을 떠들썩하게 만들었고, 천재적인 두뇌를 노린 어느 영재학원 원장이 깡패를 시켜 유괴를 하였다가 실종이 되었다는 뉴스 스크랩을 본 것이다.

뉴스 스크랩을 확인한 기자들로 인해 기자회견장은 다시 한 번 소란스러워졌다.

그런 상황에서 수한은 물론이고 자리에 앉아 있는 사람들은 조용히 그 분위기가 소강되기를 기다렸다.

어느 정도 시간이 흐르자 장내가 다시 조용해졌다.

그리고 한 기자가 질문을 하였다.

"그런데 당시 알고 있으면서 어째서 존재를 드러내지 않은 것입니까? 당시 많은 인원이 동원되어 정수한 씨를 찾았는데 말입니다."

기자들은 천재였던 수한이 당시 자신의 처지를 알면서도 자신의 존재를 가족에게 알리지 않은 것에 의문을 가지게 되었다.

수한의 실종은 엄청난 이슈를 내며 대한민국을 혼란에 빠지게 했다.

당시 수한의 종가인 천하그룹은 무엇 때문인지 당시 일신그룹과 대립을 하면서 엄청난 경제적 손실을 입었다.

물론 일신그룹도 천하그룹 못지않은 손해를 입었다.

그 때문에 대통령까지 나서서 두 그룹의 대립을 중재하였다.

두 그룹이 소해를 감수하며 대립하는 것은 대한민국 경제에 전혀 도움이 되지 않았기 때문이다.

그래서 대통령의 특별명령으로 군은 물론이고, 경찰까지 전국에 걸친 대대적인 수색을 하였다.

돈은 물론, 엄청난 인원이 수한을 찾기 위해 동원이 되었는데, 이제 와 모두 알고 있었다고 하니 도대체 돌아오지 않은 이유가 알고 싶었던 것이다.

"그걸 이 자리에서 말하는 건 적절치 않은 이야기 같군요. 이번 일과 관련도 없는 문제이니 말입니다. 다만 여러분들이 알고 계시는지는 모르겠지만 당시 사건으로 처벌을 받은 사람은 아무도 없다는 것입니다. 피해자는 있는데 가해자가 없는 사건으로 처리되었습니다. 무슨 말인지 알겠습니까?"

궁금증만 가중하고 결과는 말하지 않음으로써 사람들의 시선을 천하엔터와 파이브돌스가 아닌 자신의 사건으로 모으는데 성공한 수한은 눈을 반짝였다.

뭔가 계획을 하고 그것을 실행하기 위한 준비 단계에 들어간 것이다.

'기다려라! 처음 계획과 다르게 내 정체가 뜻하지 않은 사건으로 알려지게 되었지만 그렇다고 너희에 대한 복수를 포기한 것은 아니다.'

수한은 천하엔터 로비 정문 밖 어딘가로 시선을 주며 그렇게 다짐했다.

사실 수한은 자신의 정체를 밝히기까지 많은 고민을 하였다.

복수를 위해서 자신의 할아버지에게 말했던 것처럼 정체를 숨기고 외부에서 일신그룹을 흔들려 하였다.

하지만 누나와 파이브돌스를 이대로 둘 수도 없었다.

그냥 두었다가는 사실이 어떻게 호도되어 흐르게 될지 알 수 없었기 때문이다.

사람의 습성을 보면 우상을 부러워하는 마음도 있지만 또 반대로 그 우상을 밑바닥으로 끌어내려 망가지는 모습을 보며 희열을 느끼는 안 좋은 습성도 있었다.

현재 흘러가는 흐름을 보면 파이브돌스를 옹호하는 내용보다는 자극적인 내용으로 그들을 끌어내리려는 움직임이 보였다.

그래서 어쩔 수 없이 처음의 계획을 포기하고 그냥 정체를 밝히기로 한 것이다.

◈　　◈　　◈

"요즘 하는 일은 잘돼 가고 있느냐?"

정대한은 오랜만에 찾아온 막내 손자를 보며 물었다.

"그동안 안녕하셨어요?"

"오냐, 그런데 넌 어떻게 지네기에 한 번도 찾아오지 않은 것이냐?"

자신을 보며 인사를 하는 손자를 보며 다시 한 번 물었다.

그런 정대한의 물음에 수한은 빙그레 미소를 지으며 대답을 하였다.

"연구소에서 하는 프로젝트에 참여해서 그거 연구하고, 또 제약회사 하나 인수해서 그것 좀 들여다보고 있습니다."

수한의 대답에 정대한 회장도 이미 보고를 받은 내용이기에 고개를 끄덕이며 말했다.

"그래, 네가 수현이 좀 도와줬다면서?"

조금 시간이 지난 일이지만 정대한은 수한을 보며 라이프제약을 인수하기 위한 자금을 마련하기 위해 천하디펜스의 정수현 이사와 계약을 했던 것을 말하였다.

"아닙니다. 정당한 거래였을 뿐입니다."

"네 덕분에 곤란한 상황을 넘길 수 있었다."

정대한은 정말로 수한에게 고마운 마음을 가지고 있었다.

비록 가족이라고 하지만 딱 한 번 보았을 뿐이다.

그런데 그런 손자가 위기에 빠져 있던 가족들을 구한 것이다.

사실 천하그룹은 방위산업 비리로 인해 불량기업으로 찍혀 많은 어려움을 겪고 있었다.

이 모든 것이 특정 기업을 밀어주고 있는 국회의원들 때문에 벌어진 일이었다.

국방위를 잡고 있는 그들은 다른 기업들도 비슷한 비리를 저질렀지만 그들은 놔두고 천하디펜스만 꼬집어 언론에 노출을 시켰다.

물론 그것이 잘못된 것은 아니다.

잘못된 관행을 근절시킨다는 의미에서 본다면 국방위가 한 일이 맞는 일이다.

하지만 결론은 그게 아니란 것이 문제다.

천하디펜스는 중간에 중계 이익을 취하려 했지만 오히려 불량무기를 비싼 값에 팔았다는 의심을 샀다.

이것도 다 경험이 일천하고 의욕이 앞선 정수현 이사의 실

수 아닌 실수에서 벌어진 일이었다.

하지만 모든 것을 놓고 보면 국방위에 속한 국회의원들도 자신들의 뒷돈을 잘 챙겨 주지 않은 천하디펜스를 혼내기 위해 다른 기업들에 비해 더 엄정한 잣대로 심사를 하였다.

아무튼 그 일로 위기에 처했지만 때마침 수한이 새로운 무기 설계도를 천하디펜스에 판매를 한 것으로 그 일을 덮을수 있었다.

물론 많은 손해를 보며 국방부에 판매를 하였기에 이번 거래로 이윤을 추구할 수는 없었다. 대신 해외 판매가 승인이 났기에 그 손해는 충분히 만회를 하고도 남을 것으로 예상이 되었다.

그렇기에 지금 정대한 회장이 수한에게 고맙다는 말을 하는 것이다.

"참! 제약회사를 인수했다고 했지?"

"예, 그런데 그건 무슨 일로……?"

이야기를 하다 말고 정대한 회장은 수한에게 제약회사를 인수한 이야기를 했다.

수한은 무슨 일로 그런 것을 물어보는 것인지 의아한 표정으로 고개를 갸웃거리며 정대한을 쳐다보았다.

"다름이 아니라, 네 백모가 운영하는 병원이 있는데, 그곳에 네 회사에서 생산되는 의약품을 납품해 보지 않겠느냐?"

수한은 할아버지의 말에 깜짝 놀랐다.

솔직히 현재 라이프제약은 제품을 생산하고 있지만 판로가 마땅치 않았다.

아직까지 일신제약과 대동제약 주식회사에서 손을 쓴 것 때문에 판매가 여의치 않기 때문이다.

그런데 납품을 하라고 하니 불감청이언정 고소원이었다.

바라고 있었지만 감히 청을 하지 못하고 있었는데, 정대한이 그런 말을 먼저 해 주자 고마웠다.

비록 여유자금이 많이 남아 있었으나, 아직까지 정상 운영을 하기까지는 시간이 걸릴 것으로 예상을 하였다.

그렇기에 쌓이는 재고를 처분하는 것에 고심하고 있었는데 정대한이 자신의 큰어머니가 운영하고 있는 병원에 납품을 하라고 참으로 다행이라는 생각과 함께, 회사의 주인이자 고문인 자신의 체면이 서게 되었다는 생각을 하게 되었다.

"감사합니다."

"무슨 그게 대단한 일이라고. 네가 한 일에 비하면 그건 택도 없는 일이지."

"그런데 어쩐 일로 절 부르신 거예요?"

좋은 분위기에 이야기를 하다 문득 자신을 부른 정대한이 자신을 부른 이유에 대한 본론을 꺼내기까지 오래 걸릴 것 같다는 생각에 자신이 먼저 물었다.

그런 수한의 물음에 정대한은 표정을 바로하고 물었다.

"그래, 그건 그렇고…… 이번 일을 어떻게 하려고 하느냐? 네 누나와 관련된 일인데……."

정대한의 말을 종합해 보면 누나의 일이니 빠른 시간에 해결을 보라는 무언의 압박이었다.

물론 수한이나 수정이 속한 파이브돌스가 무슨 잘못을 했기에 일을 해결하라는 것은 아니었다.

다만 당사자가 어떤 결론을 내줘야 주변에서 마무리를 할 수 있기 때문에 물어본 것뿐이다.

그런 정대한의 물음에 수한도 여기까지 오기 전에 생각해 둔 것을 말했다.

"예, 그렇지 않아도 내일 기자회견을 하기로 했습니다. 그 때 사람들이 궁금해하는 것을 솔직하게 알릴 생각입니다."

수한이 자신의 정체를 밝히겠다는 말을 하자 정대한은 눈이 커졌다.

자신이 살펴본 눈앞의 손자는 일반인이 상상도 하지 못할 정도로 집념이 강한 아이였다.

더욱이 자신의 주변 사람들에 대한 애정이 남달랐다.

비록 몇 번 보지 않았지만 사촌을 위해 엄청난 재산이 될 물건도 쉽게 내주는 것을 보면 전에 복수를 하겠다는 일에도 주변을 돌보는 것만큼이나 확실하게 매듭지을 것으로 보였다.

그런데 지금 전에 자신이 했던 이야기를 번복하려고 하고 있었다.

"전에는 복수를 위해 숨기겠다고 했는데 무슨 이유로 정체를 밝힐 생각을 한 것이냐?"

이유는 짐작할 수 있었지만 정대한은 다시 한 번 물어보았다.

그런 정대한을 보며 차분히 이야기를 하였다.

"제 복수도 중요하지만 내 주변의 행복이 우선입니다. 현재 저로 인해 누나들이 다른 사람들의 구설수에 오르는 것이 싫습니다."

단호한 표정으로 자신의 생각을 말했다.

그런 수한의 표정에 정대한은 고개를 끄덕였다.

확실히 요즘 젊은 것들하고는 생각이 다르고 바르게 섰다.

"그래, 그래야 정 가의 자손이지!"

비록 자라는 데 도움을 주지 못했지만, 바르게 큰 손자의 모습에 정대한은 자신도 모르게 자신의 핏줄에 대한 자부심이 깃들었다.

"그런데 그렇게 되면 그들이 네 존재를 알게 될 것인데 괜찮겠느냐?"

"그건 상관없습니다. 군자의 복수는 10년이 지나도 괜찮다고 했습니다. 그들이 대비를 한다고 해도 전 상관없습니다. 기필코 그들의 입에서 잘못했다는 말이 나오게 될 것입니다."

마치 자신에게 다짐을 하는 것처럼 수한은 정대한이 아닌 어딘가를 향해 다짐을 하듯 소리쳤다.

그런 수한의 모습에 정대한은 미소를 지으며 지긋이 쳐다보았다.

기자들이 돌아간 로비는 무척이나 한산했다.

뚜벅뚜벅!

"오늘 수고했다."

"아닙니다. 당연히 제가 나와서 해야 할 일이었습니다."

"그런데 너 이 녀석! 말투가 그게 뭐냐!"

"예?"

수한은 느닷없는 영화의 말에 무슨 일인가, 하는 생각에 눈을 깜박였다.

그런 수한의 모습에 미소를 지으며 말했다.

"넌 고모인 내게 말을 하면서 그렇게 딱딱하게 말을 하는 거야! 편하게 말을 해!"

정영화는 자신의 막내 조카를 보며 그렇게 말을 하였다.

너무도 딱딱하게 말을 하는 것이 왠지 거리가 느껴졌기 때문이다.

그래도 자신과 제일 친했던 동생 명수의 아들인데 마치 타인처럼 사무적으로 말을 하는 조카로 인해 조금은 화가 나기도 해 그렇게 말을 한 것이다.

"편하게요?"

"그래, 편하게."

사실 편하게 말하라고 한다고 해서 쉽게 말을 놓는다는 게 쉬운 일은 아니다.

아무리 친척이라고 하지만 이제 겨우 처음 보았는데, 그것이 쉽겠는가?

수한은 자신을 똑바로 쳐다보며 편하게 말을 하라는 정영화의 말에 무척이나 난감했다.

하지만 편하게 말을 하라고 하고는 자신을 빤히 쳐다보는 정영화 때문에 당황하던 수한은 하는 수 없이 고개를 끄덕일 수밖에 없었다.

"알겠습니다."

"또!"

"예, 알겠어요."

"그래, 지금은 좀 낯설어 그럴 수 있으니 고모가 이해하고 넘어갈게. 하지만 다음에는 우리 조금 더 편하게 말하자, 알겠지?"

"네, 고모님!"

"고모님이 뭐야! 그냥 고모라고 불러! 네가 그렇게 부르니 내가 너무 나이 들어 보이잖아!"

"네, 그것도 고칠게요. 그럼 전 이만 가 볼게요. 다음에 봬요."

"그래, 다시 한 번 말하지만…… 오늘 수고했다. 들어가."

"그럼 안녕히 계세요."

수한은 고모 정영화에게 인사를 하고 천하엔터를 나왔다.

오후 6시에 시작했던 기자회견을 끝내고 잠깐 고모와 이야기를 하는 동안 벌써 시간은 저녁 9시를 넘기고 있었다.

신태양파 행동대장 신영필은 기자회견이 있는 천하엔터테

인먼트 로비 기둥 위에서 기자회견장을 지켜보았다.

그가 상관도 없는 이곳 천하엔터의 기자회견장에 있는 이유는 자신의 큰형님인 신태양파 두목 신태양의 명령 때문이었다.

"제길, 어쩌지?"

신영필은 지금 도저히 앞으로의 일을 판단할 수가 없었다.

대한민국 조직 사회에서 불문율처럼 내려오는 이야기를 영필 본인도 잘 알고 있었기 때문이다.

그저 그런 깡패로 남을 것이면 그런 불문율을 기억할 필요도 없다.

하지만 최고가 되기 위해선 단 한 가지 잊어선 안 되는 일이 있었다.

그건 바로 대기업과 연관된 일은 하지 말라는 것이다.

특히나 대기업과 연관되어 좋은 결말을 본 조직이 없었기 때문이다.

조폭이 피하는 이들 중 경찰이나 검찰보다도 더 까다로운 존재가 바로 대기업이기 때문이다.

막말로 돈의 힘으로 경찰이나 검찰은 물론이고 법조계, 정계까지 움직이는 이들이 바로 재계의 대그룹들이었다.

그중 가장 주의해야 할 대상이 바로 천하그룹이었다.

다른 기업들이야 알게 모르게 조직들과 공생의 관계에 있어, 어느 정도 서로 조금 관계가 틀어지더라도 시간이 흐르면 무마가 되었다.

하지만 천하그룹만은 그렇지 못했다.

천하그룹의 시작이 바로 자신들과 같은 음지에서 시작하여 양지로 나갔기 때문이다.

뿐만 아니라 아직도 대한민국에 있는 조직들의 뒤에 도사리며 알게 모르게 영향력을 행사하고 있었다.

물론 자신의 조직인 신태양파 하고 직접적으로 연관은 없었다.

하지만 조직의 두목인 신태양이 이전 강남을 잡고 있던 길상사파에서 독립을 하고, 그들이 차지하고 있던 강남을 차지할 수 있었던 이유가 암묵적인 인가가 있었기 때문이란 것을 잘 알고 있었다.

사실 길상사파가 강남을 자신들에게 빼앗기고 해체가 된 이유가 잘나가던 길상사파가 천하그룹과 척을 지면서 두목 최상길이 병신이 되고, 부두목과 핵심 간부들이 교통사고와 알 수 없는 이런저런 사고로 인해 병원에 입원을 하면서 벌어진 내부 갈등으로 그리된 것이다.

이때 신태양도 길상사파의 하부조직의 간부로 있었는데, 조직이 흔들리고 핵심 간부들이 이런저런 이유로 조직을 추스르지 못하자, 기회를 노려 자신이 거느린 부하들을 데리고 독립을 했다.

그후 한 조직에 있던 다른 조직을 습격해 지금의 세력을 이룬 것이다.

그 때문인지 신태양은 천하그룹의 일이라면 무조건 양보를 하였다.

이전 조직원들은 무엇 때문에 강남의 떠오르는 신성인 신태양이 돈이 되는 일을 마다하는지 그 이유를 알지 못했다.

하지만 조직이 안정이 되고 신태양파가 강남을 이전 길상사파가 꾸렸던 것의 70% 정도 장악하고 나서야 뒤늦게 신태양의 이야기를 들어 그동안 자신들이 알지 못하는 상부의 일에 대하여 알게 되었다.

겉으로 보기에 조폭이 마냥 대단하고 모든 것을 힘으로 처리할 것 같지만 위로 올라갈수록 힘으로 일을 처리하기보다는 머리를 써서 일을 처리했다.

폭력은 하책 중에서도 최하책이기 때문이다.

조직이라는 것이 시작부터 약점을 가지고 있기 때문에 경찰이나 검찰의 주시를 받고 있다.

그런데 폭력을 행사하면 그 조직은 바로 목표가 되어 공권력의 공격을 받아 해체가 되는 것이다.

길상사파가 그랬던 것처럼 해체가 되는 과정에서 신태양이 그랬던 것처럼 조직의 누군가가 나서서 조직을 인수할 것이 분명했다.

아무튼 천하그룹과 연관된 일은 최대한 피하고 있었는데, 조직에 큰 의뢰가 들어왔다.

다른 곳도 아니고 국내 기업 순위 열 손가락 안에 들어가는 대기업, 일신그룹의 계열인 일신제약의 전무에게서 의뢰가 들어온 것이다.

자그마치 계약금만 5억짜리 의뢰였기에 신태양도 솔깃했다.

더욱이 타깃의 신분이 작은 제약사의 젊은 사장이었다.

그래서 흔쾌히 의뢰를 받아들였는데, 조사를 하는 과정에서 뭔가 이상한 조짐이 보여 지금까지 조사만 하고 있었다.

그런데 역시나 조사를 뒤로 미루며 타깃에 대한 자세한 조사를 하는 과정에서 지금 신영필은 타깃이 다른 누구도 아닌 천하그룹의 직계라는 것을 알게 된 것이다.

한때 떠들썩하게 만들었던 천하그룹 회장 정대한의 삼남의 장자라는 것이었다.

신영필은 방금 전 자신이 들은 이야기를 얼른 두목인 신태양에게 보고를 해야만 했다.

자칫 잘못했다가는 조직이 공중분해 될 위기에 처한 것이다.

"여보세요. 저 영필입니다."

신영필은 급히 천하엔터에서 나와 신태양에게 전화를 하였다.

그리고 방금 전 기자회견에서 들었던 이야기를 그대로 보고를 하였다.

"알겠습니다. 전 이만 철수하겠습니다."

두목 신태양에게 보고를 한 신영필은 전화를 끊고 뒤를 한번 돌아보고는 안도의 한숨을 쉬었다.

"휴…… 괜히 골로 갈 뻔했네."

문득 신영필의 뇌리에 불구가 된 길상사파의 간부가 생각이 났다.

지금의 두목인 신태양은 물론이고 자신도 이쪽 세계로 끌어 주었던 그는, 지금의 자신처럼 길상사파의 행동대장으로 있던 이였다.

같은 고향 출신이라고 신태양과 자신을 조직으로 끌어 주었고 또 작은 조직을 만들 수 있게 도움도 주었다.

하지만 그의 말로는 그리 편하지 않았다.

조직이 해체되는 과정에서 그 선배 또한 누군가의 공격으로 평생 안고 가야 할 장애를 가지게 되었다.

강제로 은퇴하기 전까지 동생들을 잘 챙겨 주었던 선배라 그나마 조금은 나은 생활을 하고 있지, 다른 선배들처럼 자신의 잇속만 챙기던 이들의 말로는 참으로 비참했다.

아무튼 얼마 전 보고 온 선배와 같은 꼴을 볼 뻔했던 신영
필은 안도의 한숨을 쉬며 자리를 떠났다.

◆　　　◆　　　◆

"알았다. 넌 그만 하던 일 중단하고 그만 철수해라."

신태양은 갑자기 걸려온 행동대장 신영필의 전화에 인상을
찡그렸다.

"휴…… 다행이군."

"형님, 무슨 일입니까?"

조직의 상무 직함을 가지고 있던 이상호가 신태양을 보며
물었다.

그런 이호성의 물음에 신태양은 방금 전 걸려 온 신영필의
전화 내용을 그대로 알려 주었다.

"그게, 휴…… 얼마 전 일신제약의 김 전무 있지?"

"김 전무가 왜요?"

"그 새끼가 의뢰한 것 취소다."

이호성은 고개를 갸웃거렸다.

의뢰야 취소할 수도 있는 일이지만 두목인 신태양이 이렇
게 화를 내는 이유를 알 수가 없었기 때문이다.

"무슨 이유인지는 모르지만 그래도 일신제약이라면 대기업인 일신그룹의 계열사인데, 그곳의 의뢰를 취소했다가 저희에게 불이익이 돌아오는 거 아닙니까?"

일단 화를 내는 두목의 비위를 맞추면서도 이호성은 나중에 문제라도 생기면 어쩌나 하는 우려에서 그런 말을 하였다.

물론 신태양도 충분히 그 이야기에 공감이 가는 말이었지만 방금 전 신영필의 말에 따르면 나중의 일보다 의뢰를 받아들였을 때의 문제가 더 감당이 되지 않았기 때문이다.

막말로 일신그룹이 지금은 천하그룹보다 대단하다고 하지만, 김장근은 그저 일신그룹의 계열사 전무. 그가 의뢰한 목표는 계열사 임원과는 차원이 다른 천하그룹의 직계였다.

더욱이 알아보니 한때 납치 실종이 되어 전국이 떠들썩하게 만들 만큼 엄청난 이슈를 나았던 사람이었다.

뿐만 아니라 현재 목표의 아버지가 현역 대한민국 외교부 고위 간부였다.

그런 인물의 아들을 자신들이 건들었다가는 날고 기는 능력이 있다고 해도 안 되었다.

"네가 김 전무에게 연락해서 이번 의뢰는 취소한다고 말해 줘라. 시팔! 대상이 웬만해야 담그든가 하지! 누구를 호랑이 아가리에 처넣으려고 하는 거야!"

"아니, 형님! 도대체 타깃의 배경이 어떻기에 저희가 호랑이 아가리에 들어간다는 말입니까?"

자신의 조직이 지금은 강남에 있지만 조금만 더 있으면, 예전 길상사파가 가지고 있던 모든 구역을 차지할 수 있을 것이라 생각하고 있는 이호성에게 지금 신태양이 하는 이야기를 귀에 들어오지 않고 있었다.

"아, 내가 아직 그 설명을 못했군. 잘 들어라, 너도 김 전무와 친분이 있다고 그자의 의뢰를 따로 받을 생각 말고……. 김전무가 의뢰한 놈의 정체가 천하그룹의 직계란다."

"네?"

신태양은 자신이 신영필에게 들었던 수한의 정체에 대하여 설명를 하였지만, 이호성은 그의 말을 금방 알아듣지 못하였다.

그 때문에 알 수 없다는 표정으로 신태양을 보았다.

"아니, 뜬금없이 여기서 천하그룹이 왜 나옵니까?"

비록 자신의 조직에 대하여 자부심이 대단한 이호성이지만 천하그룹만큼은 그도 귀가 따갑게 들었기에 이 순간 언급되자 되물었다.

그런 이호성의 질문에 신태양은 화도 내지 않고 다시 한

번 그에게 수한의 정체에 대하여 설명했다.

"그러니까, 일신제약의 김전무가 손 좀 봐 달라 의뢰한 놈 정체가 천하그룹 정대한 회장의 손자라고 하더라."

"손자요? 천하그룹 회장의 손자?"

"그래, 너도 그 집안에 실종된 손자가 있다는 것은 들어 봤지?"

"음…… 아! 18년 전인가 누군가에게 유괴되었다는 그 손자 말씀입니까?"

이호성은 그제야 생각이 났다는 듯 예전 언뜻 들었던 이야기가 생각이 나 대답을 하였다.

이호성이 길상사파에 있을 때 상부에서 내려온 지시가 있었다.

그건 이제 겨우 두 살이나 되었음 직한 갓난아기의 사진이었다.

그리고 그 아기가 누군가에 의해 납치가 되었는데, 실종이 되었다는 것이었다.

그 아기를 찾는 자에게 1억의 보너스와 업소 한 곳을 관리할 수 있게 해 주겠다는 부상도 있었다.

지금이야 1억이면 우스운 돈일지 모르지만, 18년 전이라면 그렇지 않았다.

뿐만 아니라 업소 관리라는 것은 자신들과 같은 조폭에게 대단한 일이다.

업소를 관리한다는 말은 한 마디로 간부가 된다는 말이니까.

그러니 조직에서 내려온 명령으로 자신은 물론이고 다른 조직원들도 눈에 불을 켜고 그 아기를 찾아다녔다.

그리고 나중에서야 그 아기가 실종된 천하그룹 회장의 손자란 이야기를 들었다.

당시 얼마나 큰 사건이었는지 기억하고 있었기에 지금 이호성은 쉽게 그 말을 믿기 힘들었다.

"지금 네 표정을 보니 어떤 생각을 하고 있는지 잘 알겠지만, 조금 전 천하엔터에서 기자회견이 있던 자리에서 기자들 앞에서 발표를 했단다."

신태양은 자신도 신영필에게 전해 들은 이야기라 쉽게 믿기지 않던 차에 기자회견이 있었다는 말에 자신도 모르게 사무실 한쪽에 있는 TV를 켰다.

TV가 켜지고 채널을 뉴스 전문 채널로 돌리자 조금 전 끝난 천하엔터의 기자회견 소식이 전달되고 있었다.

—이번 파이브돌스의 스캔들은 안티팬들이 퍼뜨린 악성 루머로 밝혀졌습니다. 뿐만 아니라 소문의 피해자로 나온 사내들은 피해자가 아닌, 파이브돌스와 함께 있던 정수한

씨에게 해코지를 하려다 제압이 되었던 것으로 드러났습니다. 많은 사람들이 의혹을 가지고 있던 파이브돌스와, 사건의 중심인 정수한 씨와의 관계는 가족으로 밝혀졌습니다. 파이브돌스의 리더이자 천하그룹 회장인 정대한 회장의 손녀인 정수정 씨와 이 정수한 씨는 친남매 간으로 밝혀졌습니다. 정수한 씨는 19년 전 의문의 세력에 납치가 되었다가 실종이 되었는데, 18년 만에…… 아기 때부터 천재로 알려진 정수한 씨는 미국 캘리포니아 소재 대학에서 박사 학위를 받고 돌아와 병역 의무를 치르기 위해 군 대체 복무 규정에 의해 모 군수산업체에 연구원으로 들어가 대체 복무를 하고 있다고 합니다. 또 그래서 자주 만나지 못했던 정수정 씨의 연락을 받고 저녁을 함께…… 이번 사건은…….

틱!

신태양은 뉴스의 리포터가 하는 이야기를 듣다 수한에 대한 이야기를 확인하고 바로 TV를 꺼 버렸다.

"너도 방금 봤지?"

"예, 큰일 날 뻔했습니다."

이호성은 신태양의 말에 안도의 한숨을 쉬며 대답을 하였다.

아닌 것이 아니라 멋모르고 이번 의뢰를 받아들였다가 큰 일을 치를 뻔했다.

10억이란 돈이 아깝기는 했지만 목숨보다 소중할 수는 없었다.

한때 잘나가던 길상사파가 왜 무너졌지 잘 알고 있는 이호성은 이번 김장근의 의뢰를 취소한다는 신태양의 말에 적극 찬성을 했다.

만약 다른 이유로 의뢰를 취소했더라면 이호성도 아무리 신태양이 두목이라고 하지만 쉽게 받아들이지는 못했을 것이다.

조직이라는 것이 위계질서가 있기는 하지만 두목의 독단으로 운영이 되는 게 아니다.

작은 규모의 조직이라면 충분히 두목 독단으로 운영이 될 수도 있지만 신태양파처럼 큰 조직이라면 조직 내에서 파벌이라는 것이 생긴다.

그렇기 때문에 정당한 이유 없이 간부가 건의한 의뢰에 관해서는 두목이라도 쉽게 취소할 수 없는 것이다.

그렇지만 이번처럼 타깃의 배경이 어마어마한 경우, 간부도 납득을 할 수 있기에 이번 일은 쉽게 해결이 되었다.

"김 전무에게는 제가 잘 알아듣게 전달하겠습니다."

"그래, 뒷말 없게 잘 설명해라."

"예."

두 사람은 신영필이 전한 말 때문에 장시간 하던 회의도 멈추고, 맥이 풀리고 말았다.

그만큼 그의 말이 신태양과 이호성을 지치게 만들었다.

9.
불쾌한 만남

어두운 조명의 5평 남짓의 룸에 혼자 앉아 있는 김장근의 표정이 무척이나 굳어 있었다.

그가 이곳 비즈니스 클럽 VIP룸에 있는 것은 자신이 의뢰한 건으로 신태양파의 간부인 이호성이 만나자고 했기 때문이다.

자신이 의뢰를 한 지 일주일이 되었지만 아직까지 진척이 없다가 자신과 만나자고 연락이 오자 바로 이곳으로 온 것이다.

강남에 있는 텐프로 클럽 중에서도 상위에 속하는 클럽이라 회원권이 없다면 출입도 못하는 무척이나 비싼 곳이었다.

하지만 김장근은 3천만 원이나 하는 회원권을 구입해 각종 로비는 물론이고, 개인적으로도 자주 이용했다.

아무튼 은밀한 이야기를 하기 좋은 이곳에서 만나기로 한 이호성은 아주 짧게 자신이 할 말만 하고 나갔다.

그리고 이호성이 통보하는 이야기를 들은 김장근은 지금 분노에 취해 몸을 가눌 수가 없어 홀로 룸에 남아 있는 것이다.

기분 같아서야 눈에 보이는 모든 것을 부숴 버리고 싶은 마음이 간절했지만, 일신제약 전무라는 타이틀만으로는 이곳에서 함부로 행동을 할 수가 없었다.

겉으로 보이에 그저 잘나가는 업소처럼 보이나 이곳 비즈니스 클럽의 주인은 김장근이 쉽게 볼 수 없는 사람이기 때문이었다.

비즈니스 클럽에 출입하는 사람의 면면도 그렇고, 은근히 도는 소문에 의하면 이곳 비즈니스 클럽의 주인의 정체가 정계 막후 인물이라는 설도 있었다. 또 다른 소문으로는 대한민국 상위 0.1%에 들어가는 로열패밀리라는 소리 역시 돌았다.

그렇다 보니 함부로 이곳에서 난동을 피우는 사람도 없었다.

"김 전무님, 죄송하지만 이번 의뢰를 포기하겠습니다."

"그게 무슨 소리지? 10억이나 되는 의뢰를 포기하겠다니 이해가 가지 않는군? 의뢰를 포기한다면 그럼 계약금으로 준 5억의 3배를 배상해야 하는데……."

"뭐, 계약금은 돌려드리겠습니다. 하지만 위약금은 못 드리겠습니다. 저희 쪽에서 의뢰를 포기하기는 했지만, 애초에 전무님께서 타깃에 대한 정보를 거짓으로 하였기에 원칙대로라면 계약금도 돌려드리지 않아도 됩니다. 그래도 안면도 있으신 분이라 그건 돌려드리기로 한 것입니다. 그럼…… 참! 제가 전무님께 외람되지만 충고 한마디하고 가겠습니다. 괜히 다른 조직에 가서 의뢰를 하는 수고 하지 마십시오. 타깃의 정체를 듣고 전무님의 의뢰를 받아들일 조직은 대한민국에서 없을 테니 말입니다."

조금 전 자신을 만나러 온 이호성이 하고 간 말이 귓가에 아직도 생생하게 메아리치고 있었다.

"개새끼! 감히 깡패 따위가 감히 날, 이 김장근을……."

와장창!

참고 참았지만 도저히 가슴속에서 끓어오르는 분노를 참지 못하고 테이블 위에 있던 컵을 벽에 던져 버리고 말았다.

그 바람에 유리 글라스는 그 본연의 임무를 하지도 못하고 수명을 달리했다.

하지만 이곳 룸이 VIP를 위한 곳이다 보니 방음이 잘되어 있어서 그런지 밖에서 아무도 이런 소란을 인지하지 못했다.

그렇게 자신을 분을 주체하지 못한 김장근은 한참을 이호성이 나간 문을 쳐다보며 눈을 희번덕거렸다.

타다다닥! 탁탁! 다라락! 탁탁!

삐빅! 삑삑! 드르륵! 득득!

하얀 가운을 입은 사람들이 컴퓨터 앞에서 자판을 두드리고 있었다.

그들이 작업하는 것은 일반인은 이해할 수도 없는 0과 1의 화면이 가득 메우고 있었다.

그런데 이상한 것은 분명 모니터에는 0과 1로 점철된 알수 없는 기호뿐이었는데, 이들의 컴퓨터와 연결된 중앙의 커다란 모니터에는 그들이 자판을 두들길수록 복잡한 도형이 그려지고 있었다.

딩동댕! 딩동댕!

한참 작업을 하고 있는데, 사무실 벽에 부착되어 있는 스피커에서 업무 종료를 알리는 벨소리가 울렸다.

"자! 모두 수고들 했습니다. 오늘 업무는 이만 종료하기로 하겠습니다. 연구원들은 각자 자신들이 작업하던 컴퓨터의 잠금장치를 확인하시기 바랍니다."

연수고 소장의 작업 종료 선언이 있자 작업을 하던 연구원들은 일제히 손을 놓았다.

보통의 연구소 같으면 업무 시간이 따로 있는 것이 아니라 프로젝트가 완성이 될 동안 연구소에서 숙식을 하며 작업을 했을 터이지만 이곳은 그렇지 않았다.

이곳은 방위산업체로서 국가에서 발주한 프로젝트를 연구하여 기간 내에 완성을 해야 하는 곳이다.

그런데 웃긴 것은 보안이란 명목 하에 연구원들이 일과 외의 시간에 연구소에 남아 있는 것을 원천봉쇄 하였다.

뿐만 아니라 보안을 위해서 작업한 것의 개인적으로 백업도 못하게 하였다.

연구소장은 연구원들이 퇴근을 하면 이들의 컴퓨터에서 연구원들이 작업한 프로그램을 모두 삭제를 하였는데, 이는 정보가 메인 컴퓨터에만 남게 하기 위해서다.

혹시나 연구원들이 몰래 자신이 쓰던 컴퓨터에 백―도어를 만들어 아무도 몰래 침투하여 정보를 빼내는 것을 막기 위함이다.

그러다 보니 작업은 무척이나 지루하고 또 진척이 별로 없었다.

더욱이 이런 식으로 작업을 하면 만약 연구원 누군가가 바이러스라도 살포했을 때 프로젝트 자체를 망칠 수도 있는 문제였다.

그렇지만 보안이란 문제 때문에 어느 누구도 연구소장의 이런 조치에 말을 하지 못했다.

아무튼 연구원들은 소장의 업무 종료 선언에 일제히 하던 작업에서 손을 떼고 소장의 지시대로 자신의 컴퓨터를 종료했다.

수한 역시 빠르게 두들기던 자판에서 손을 뗀 채 오늘 자신이 한 작업을 들여다보았다.

'답답하네! 보안을 신경 쓰는 것은 좋은데, 너무도 비능률적으로 프로젝트를 진행하니 지루하기만 해!'

수한은 지금 다른 연구원들이 하는 파트가 늦어지는 것 때문에 자신이 하는 일이 답보 상태라 무척이나 답답했다.

솔직히 지금 자신이 속한 연구 그룹이 진행하고 있는 프로젝트 정도는 혼자서도 충분히 가능했다.

하지만 현재 자신은 회사의 정식 연구원이 아닌 대체 복무를 위한 대체 인력이었다.

그렇다 보니 프로젝트의 핵심에는 접근도 못하고 그저 연동 프로그램만 설계하고 있었다.

이미 자신이 해야 할 분량은 끝나 이 연동 프로그램이 정상 작동을 하는지 테스트를 해야 하지만 다른 연구원들이 본 프로그램을 완성시켜 줘야 실행이 가능한 상태라 하는 일도 없이 연구를 하는 척 해야만 했다.

그리고 그것이 수한을 답답하게 만드는 것이다.

차라리 그 시간에 다른 연구를 하는 편이 더 능률적이겠지만, 규정상 함부로 자리를 떠나거나 회사가 지급해 준 컴퓨터로 다른 일을 할 수 없었다.

막말로 회사가 수한에게 지급한 컴퓨터는 다른 외부 컴퓨터와 연결된 것이 아니라 이곳 팀의 메인 컴퓨터와만 연결된 독립 컴퓨터였기 때문이다.

즉, 그 말은 함부로 다른 작업을 했다가는 자신이 한 작업이 메인 컴퓨터에 저장이 될 것이고, 그건 지금 팀이 하고 있는 프로젝트에 어떤 식으로든 영향을 줄 것이기 때문에 그럴 수 없었다.

'소장님과 이야기를 해 봐야겠다.'

수한은 자리에서 일어나며 속으로 그렇게 생각을 하였다.

자신이 맡은 부분은 이미 끝냈으니 더 이상 이곳에 있을 필요가 없었다.

소장이 다른 일을 주지 않는 이상 이 팀에 남아 있는 것은 시간 낭비일 뿐이다.

이런 결심을 한 수한은 탈의실로 들어가 옷을 갈아입고 퇴근한 다른 직원들과는 다르게 휴게실에서 소장이 나오길 기다렸다.

얼마의 시간을 기다렸을까.

휴게실에서 음료를 마시며 기다리고 있을 때 연구실에서 마무리 작업을 끝낸 소장이 나오고 있었다.

"아직 퇴근 안 했나?"

연구실의 문을 잠그고 나오던 정종현은 퇴근도 하지 않고 휴게실에 남아 있는 수한을 보며 말을 걸었다.

사실 정종현 소장은 처음 사장이 수한을 데려왔을 때 이를 무척이나 고깝게 생각을 했었다.

보안이 철저해야 할 연구소에 대체 복무를 위해 누군지도 모를 사람을 연구원으로, 그것도 새파랗게 어린아이를 데려왔으니 얼마나 기가 막혔는지 모른다.

그 때문에 수한은 초기에 무척이나 적응하는 데 애를 먹었다.

다만 수한의 스펙이 생각보다 대단하다는 것을 듣고서 조금 의외라는 생각을 하기도 했지만 정종현 소장의 생각은 바뀌지 않았다.

외모에서 풍기는 것이 정종현의 생각을 굳게 했기 때문이다.

아무튼 그 때문에 그동안 서로 소 닭 보듯 하며 지냈는데,

수한이 퇴근도 않고 자신을 기다린 것 같은 느낌을 받자 정종현의 표정이 그리 좋지 못했다.

"예, 소장님께 할 말이 있어서 기다리고 있었습니다."

수한은 정종현 소장의 질문에 답을 하였다.

그런 수한의 답변에 자신을 따라오라는 말을 하였다.

"할 말이 있다고 하니, 이곳에서 이럴 것이 아니라 내 방으로 가지."

"예."

정종현 소장이 자신의 방으로 자리를 옮기자 수한도 그 뒤를 따랐다.

그렇게 두 사람은 자리를 떠나 소장실로 향했다.

자신의 집무실에 도착한 정종현은 자리에 앉으며 수한에게도 자리를 권했다.

"자리에 앉지."

"감사합니다."

소장의 말에 수한은 자리에 앉으며 감사 인사를 하였다.

잠시 자리에 앉은 두 사람 사이에는 작은 침묵이 흘렀다.

정종현 소장은 소장대로 수한이 무슨 이야기를 할 것인지 궁금하기도 했고, 또 수한은 수한대로 어떻게 말을 꺼낼 것인지 생각을 정리하느라 아무 소리도 하지 않은 것이다.

"그래 , 내게 할 말이란 것이 무언가?"

정종현은 무슨 일로 퇴근도 하지 않고 자신과 면담을 하려고 한 것인지 궁금증을 참지 못하고 물었다.

처음 어린 모습에 수한을 삐딱하니 쳐다보던 시선도 그동안 수한이 업무를 하는 것을 보며 어느 정도 가셨다.

예전 수한을 데려온 사장이 수한을 보며 천재라고 하던 말이 이해가 갈 정도로 수한의 능력은 팀에서의 공헌도가 상당했다.

다만 정식 직원이 아니다 보니 수한에게 중요 프로젝트를 맡기지 않을 뿐이다.

3년 뒤에는 이곳을 떠나야 할 인력에게 아무리 그가 뛰어나다고 해도 중요 프로젝트를 맡길 수 없는 일이었다.

그렇기에 조금은 아까운 생각이 들기는 하지만 조금은 하찮은 연구거리만 할당해 줄 뿐이었다.

"음…… 이번 프로젝트에서 제가 할 부분은 모두 끝마쳤습니다. 다른 시키실 일이 없다면 개인적으로 다른 것을 연구하고 싶습니다."

"뭐라고?"

정종현은 수한의 말에 깜짝 놀랐다.

비록 프로젝트가 마무리 단계에 들어갔다고 하지만 아직 메인 프로그램은 완성이 된 것이 아니다.

원래라면 메인 프로그램이 완성이 되고 난 뒤 연동 프로그램이나 응용 프로그램이 개발하는 것이 순서이다.

하지만 회사에 오더를 준 국방부의 요구에 의해 동시에 프로젝트가 진행이 된 것이다.

물론 메인 프로그램이 처음부터 자체 개발한 것이 아니라 미국에서 들여온 프로그램을 한국 실정에 맞게 뜯어고치는 것이라 연동 프로그램도 그 수준에 맞게 기존의 것을 변경하면 되는 간단한 것이었다.

그렇다고 하지만 벌써 완성을 했을 줄은 상상도 못했다.

"아직 메인 프로그램이 완성이 되지 않았는데 벌써 완성을 했다는 걸 나보고 믿으라는 말인가?"

정종현은 도저히 수한이 하는 말을 믿을 수 없었다.

세상 어느 곳에서도 들은 기억이 없는 황당한 소리였기 때문이다.

하지만 수한은 그런 정종현 소장을 보며 말했다.

"어차피 메인 프로그램이라고 해도 기존의 것을 크게 벗어나지 않을 것이라고 생각합니다."

"그렇긴 하지……."

수한의 말에 정종현은 살짝 기가 죽어 꼬리를 내렸다.

아닌 말로 처음부터 자신들이 만드는 게 아닌, 다른 곳에서 완성한 것을 가져다 변형을 시키는 것이니 과학자로서 자존심이 상할 일이었다.

그러니 수한의 말에 큰소리치지 못하고 뒷말을 흐린 것이다.

그런 정종현 소장을 보며 수한이 단호하게 말하였다.

"그래서 전 소장님이 말한 성능을 내면서도 기존 프로그램과 호환이 되도록 프로그램을 짰습니다."

"뭐, 뭐라고? 지금 뭐라고 했나? 기존 프로그램과 호환이 되는 프로그램을 만들었다고?"

"예, 기존의 것과 호환이 됩니다."

수한은 다시 한 번 자신의 말을 물어 오는 정종현에게 장담했다.

그런 수한의 대답에 정종현은 기가 막혔다.

사실 국방부에서 요구한 것은 그저 한국 실정에 맞는 프로그램이 아닌, 사실상 한국에 맞게 재조정을 하면서도, 미국 몰래 프로그램을 업그레이드 하는 게 목적이었다.

원칙대로라면 미국에서 들여온 군사 기술 등을 함부로 개조나 업그레이드를 할 수 없었다.

하지만 국방부는 계약서상의 작은 문구 하나를 삽입함으로써 기존에 못했던 일들을 할 수 있게 되었다.

넓은 개활지가 많은 미국과 다르게 한국은 산악지대가 많다.

깊은 협곡도 있어 뛰어난 성능을 보이는 미국제 무기가 무용지물이 될 때가 더러 있었다.

그 때문에 한국은 고심 끝에 현실에 맞게 무기의 프로그램을 조정할 수 있다는 문구를 삽입한 것이다.

미국은 그런 한국의 꼼수에 무기 도입 비용을 상향하며 응해 주었는데, 미국의 생각으로는 한국이 그 정도 기술이 없다고 판단을 내렸기에 가능했다. 무기를 비싼 값에 팔 수 있다는 생각에 그 조항을 승낙한 것이다.

자신들의 도움 없이는 절대로 프로그램을 재조정 할 수 없다는 확신을 가지고 속으로 이런 한국을 비웃었다.

하지만 그런 미국의 비웃음을 뒤로하고 한국의 과학자들은 몰래 웃었다.

미국은 모르고 있었지만 한국의 과학자들의 실력은 그들의 상상 이상.

참신한 아이디어가 반짝이는 창의성 높은 한국 과학자들의 노력에 미국이 생각하는 이상으로 많은 것들이 한국 실정에 맞게 개조가 되었다.

물론 모든 무기들이 성공적으로 업그레이드 된 것은 아니었다.

외부의 방해나, 아니면 이기심에 물들어 자신의 영달을 위해 조국의 현실을 외면한 이들로 인해 엄청난 연구비를 들이고도 기존의 무기보다 못한 성능으로 전락한 것도 꽤 많았다.

아무튼 이런데 방금 수한의 이야기만 따져 보면 자신들이 지금 연구하고 있는 메인 프로그램 없이도 기존 미국에서 들여온 무기를 업그레이드 한 효과를 볼 수 있다는 소리였다.

"만약 자네의 말이 사실이라면…… 내 자네의 제안을 고려해 보지."

정종현은 정말로 수한의 주장대로 기존 프로그램과 호환이 되는 프로그램을 완성했다면 수한에게 충분히 개인 시간을 줄 수 있었다.

지지부진한 메인 프로그램을 완성할 시간을 벌어 줬기 때문이다.

사실 정종현으로서는 위에서 쏟아지는 압력에 머리가 폭발할 지경이었다.

3년째 답보 상태에 머물고 있는 메인 프로그램으로 인해 다른 것은 손도 대지 못하고 있었다.

다만 사장이 데려온 수한이 미국에서 자신들이 연구하던 무기의 실행 프로그램과 비슷한 것을 연구했다고 해서, 메인 프로그램과 연동하는 프로그램을 연구하라고 지시를 했었다.

이곳 연구소에서 진행되는 연구는 구형이 된 KF—16의 운용 프로그램 업그레이드와, 5세대 전투기의 특징인 스텔스 기능을 탐지할 수 있는 고성능 레이더에 필요한 프로그램의 개발, 공 대 공 전투 능력의 향상할 수 있는 무기 체계를 운용할 수 있는 프로그램의 개발이다.

그리고 그중 수한이 연구하던 것은 바로 공 대 공 전투 능력을 향상할 수 있는 무기체계를 운영하는 프로그램이었다.

수한은 이를 위해 날로 발전하는 첨단 무기를 운영할 수 있는 프로그램은 물론이고, 같은 편대의 전투기까지 정보를 공유할 수 있는 전술 정보 데이터 링크 시스템[TIDLS]를 섞어 프로그램을 짰다.

더욱이 기존 KF—16이 가지고 있는 운용 프로그램으로 운용이 가능하게 프로그램 하였다.

이미 프로그램 정보는 연구소 메인 컴퓨터에 저장되어 있으니 그것만 확인하면 되는 일이다.

정종현 소장은 거기까지 생각을 하고 수한에게 이만 돌아가라고 하였다.

"일단 오늘은 이만 돌아가고 다음 주 월요일에 보기로 하지. 자네가 프로그램 한 것을 검토할 시간도 필요하니."

"알겠습니다. 그럼 다음 주 월요일 출근해서 뵙겠습니다."

수한은 월요일에 보자는 정종현의 말에 알겠다는 말을 하고 자리에서 일어나 소장실을 빠져나갔다.

그런 수한의 모습에 정종현은 자신도 알지 못하는 눈빛으로 수한의 등을 쳐다보았다.

◆　　　◆　　　◆

일신제약 전무실.

김장근 전무는 자신의 집무실에서 업무는 보지 않고 턱에 손을 괸 채 무언가를 생각하고 있었다.

이때 문을 두드리는 소리가 들려왔다.

똑똑!

"전무님, 김 기사 도착했습니다."

노크를 한 사람은 김장근의 비서였다.

비서는 조금 전 김장근의 지시로 그의 기사인 김도영을 불렀다.

"들어와."

"전무님, 부르셨습니까?"

김도영은 집무실 안으로 들어서며 얼른 고개를 숙이며 인사를 하였다.

평소 김장근의 차를 운전하면서 그의 성격을 잘 알고 있는 김도영은 무척이나 조심스럽게 고개를 숙이며 들어왔다.

요즘 김장근의 심기가 좋지 못하다는 것을 잘 알고 있는 김도영으로서는 괜히 꼬투리를 잡혀 직장을 잃을 수 있으니 조심하는 것이다.

다른 것은 별로지만, 월급만큼은 여느 운전기사들에 비해 잘 나오는 일신제약이라 가뜩이나 취업이 어려워, 김장근의 더러운 성격도 참아 가며 붙어 있는 중이다.

이런 김도영이 조심스럽게 자신의 집무실에 들어오자 김장근은 비서에게 나가 보라는 말을 하였다.

"이 비서는 그만 나가 봐."

"예, 전무님 그럼 필요한 것 있으시면 말씀하십시오."

비서는 얼른 인사를 하고 집무실 문을 닫고 밖으로 나갔다.

집무실 안에 단둘이 남게 되자 김장근은 낮은 목소리로 김도영에게 말을 하였다.

"전에 내게 해결사를 알고 있다고 했던가?"

김도영은 무슨 일 때문에 자신에게 해결사에 대하여 물어보는 것인지 알 수가 없어 조금 불안했다.

하지만 전무가 물어 오는데 대답을 하지 않을 수도 없어 자신이 알고 있는 것을 대답했다.

"예, 몇 명 있습니다."

"실력은 좀 되나? 회사 일을 방해하는 놈이 있어서 좀 손 봐야 하는데……."

무엇에 홀린 것인지 김장근은 눈을 희번덕거리며 김도영을 압박하며 말했다.

그런 김장근의 압박에 눌린 김도영은 고개를 끄덕일 수밖에 없었다.

여기서 그의 명령을 따르지 않았다가는 분명 불이익을 받을 것이기 때문이다.

"어떤 용도인지 알아야 말씀 드릴 수 있는데 말입니다……."

김도영도 이제는 어쩔 수 없다는 생각에 적극적으로 나서기로 했다.

그런 김도영의 태도에 김장근도 마음에 들었는지 본격적으로 자신의 생각을 말하기 시작했다.

"자네도 내가 요즘 일본의 대동제약 주식회사의 상무를 전담하는 건 알고 있지?"

"예, 제가 전무님을 수행했으니 잘 알고 있습니다."

김도영도 김장근의 말에 고개를 끄덕이며 자신이 김장근을 일본의 제약회사 상무를 만나는 자리에 모셨으니 알고는 있었다.

"그런데 말이야…… 어린놈 하나가 하야시 상무와 내가 추진하던 일을 방해해 손해가 이만저만이 아니야. 그 때문에 하야시 상무도 상무지만, 내 입장이 참으로 난처해졌어."

김장근은 거기까지 말을 하고 잠시 뜸을 들였다.

하지만 이쯤 되자 김도영도 지금 김장근이 원하는 것이 무엇인지 깨달을 수 있었다.

비록 지금은 운전기사를 하고 있지만 젊었을 때는 겉멋에 휘둘려 친구들과 어울려 폭주 좀 뛰던 경력이 있었다.

그렇다 보니 주변에 그런 쪽으로 나간 친구들이 있었기에 지금 김장근이 무엇을 원하는지 알고 대답했다.

"혼내 주시려는 거라면, 몇 명이나 필요하신 것입니까?"

그저 방해한 사람을 손 좀 봐 주려는 것으로 생각한 김도영은 아무 생각 없이 몇 명이나 필요하냐고 물었다.

사실 이 일이 강남의 조폭이 포기한 의뢰라는 것을 알았다면 이렇게 나서지는 않았을 것이다.

하지만 그런 것도 모르고 달려든 게 그의 운명이니 어쩔 수 없었다.

"최대한 많이. 모을 수 있으면 많이 모아 봐."

김장근은 신태양파의 이호성이 자신에게 하고 간 말이 있었기에 인원수를 많이 모아서 손을 보려고 하였다.

사실 김장근도 천하그룹을 자세히 알지 못했기에 무모한 수를 쓰려는 것이다.

"알겠습니다. 그런데 사람을 구하려면……."

김도영은 어차피 일이 이리 되었으니 돈이라도 좀 챙기자는 생각에 착수금에 대하여 말하였다.

그런 김도영의 말에 김장근은 이호성이 돌려준 의뢰비에서 일부를 주었다.

강남의 신태양파야 이름값이 있으니 10억이라는 거금을 의뢰비로 내밀었지만, 김도영이 부를 자들은 그저 그런 양아치들이었기 때문에 그런 거금을 들일 필요가 없었다.

김장근은 5만 원권 200장이 들어 있는 봉투를 김도영의 앞에 밀었다.

"착수금이야. 성공하면 더 챙겨 줄 테니 잘해 봐."

김도영은 김장근이 내민 봉투를 들어 살짝 내용물을 확인해 보았다.

5만 원권 묶음 2개가 그의 눈에 들어왔다.

'헉!'

무려 천만 원이 그의 손에 들린 것이다.

그런데 이때 놀라는 김도영을 더욱 놀라게 하는 것이 있었다.

"이건 자네 수고비."

방금 받았던 봉투보다는 조금 얇은 봉투가 하나 더 테이블 위에 놓였다.

그것을 본 김도영의 표정이 결연해졌다.

"확실하게 처리하겠습니다."

방금 전 자신이 확인한 봉투에 천만 원이나 들어 있었다.

그것보다는 못하지만, 뒤에 나온 봉투에 들어 있는 것도 언뜻 보기에 묶음 한 다발인 것으로 보였기에 자신의 수고비로 500만 원일 것이란 판단이 들었다.

'저건 저대로 챙기고 이건……'

돈을 보자 욕심이 생긴 김도영은 머릿속으로 계산을 하였다.

착수금으로 받은 천만 원 중에서 자신의 몫을 빼고 친구들에게 의뢰를 할 것이다.

그리고 자신의 수고비는 친구들에게는 비밀이었다.

김장근은 아무런 말없이 돈 봉투를 챙기는 김도영을 지긋이 내려다보았다.

말은 하지 않았지만 그의 눈에 비치는 김도영의 모습은 정말이지 찌질한 양아치였다.

하지만 김장근은 모를 것이다.

자신 또한 그런 김도영과 하나도 다르지 않다는 것을 말이다.

"아! 씨팔! 언제 나오는 거야!"

"새꺄! 좀 조용히 좀 해라! 어련히 나오겠냐!"

"내가 뭐! 나야 빨리 끝내고 돌아가 한잔하자는 말이지."

사내들은 그늘진 골목에서 옹기종기 모여 누군가를 기다리고 있었다.

"종수야! 네가 가서 좀 살펴보고 와라."

"귀찮아, 재덕이 보내."

종수라 불린 사내는 귀찮다며 다른 사람의 이름을 꺼냈다.

"아 새끼, 꼭 귀찮은 일은 나보고만 하라고 해!"

격이 없이 말하는 것을 보면 친구들 같기도 하지만, 자세히 살펴보면 그들 중에서도 주도적인 역할을 하는 사람과 자질구래한 일을 하는 이로 차이가 있음을 알 수 있었다.

"야, 야! 나온다."

골목 입구에서 망을 보고 있던 이의 소리에 바닥에 앉아 있던 이들은 자리에서 일어났다.

부릉!

골목 안에는 이들이 타고 온 것인지 바이크들이 세워져 있었다.

각자 자신의 바이크에 오른 이들은 천천히 골목을 빠져나갔다.

띠딕! 부웅!

수한은 소장과 면담을 하고 연구소를 나와 주차장에 있는 자신의 자동차에 시동을 걸었다.

"음, 이제 월요일까지 시간도 있으니 누나나 보러 갈까?"

오늘은 금요일. 원래라면 내일도 출근을 해야 했다.

주 5일 근무가 실시 된 지도 벌써 몇 년이 흘렀지만, 연구소는 법정 공휴일만 쉬는 관계로 토요일까지 근무를 해야 했다.

하지만 이번 주는 수한에게 해당 사항이 없었다.

소장인 정종현이 수한에게 월요일에 보자고 즉, 휴가 아닌 휴가를 주었기 때문이다.

어차피 자신이 맡은 분야를 모두 끝냈는데 데리고 있다고 자신들이 하는 일이 진척이 되는 것이 아니기 때문이다.

아니, 보안 때문에 수한에게 다른 사람이 하는 연구를 보여 줄 수 없다는 표현이 맞는 말이었다.

그래서 수한에게 내일 출근하지 말고 월요일에 출근하라는 명령을 내린 것이었다.

어찌 되었든 수한에게는 생각지 않은 시간이 남게 되자 오랜만에 누나를 보러 가기로 했다.

어릴 때부터 자신을 끔찍이 생각하는 누나였기에 자신이 이렇게 생각지 않을 때 깜짝 이벤트를 하면 좋아 할 것이 분명했다. 그런 누나르 생각하니 저절로 기분이 좋아졌다.

"저기 파이브돌스 담당 매니저인 유한상 씨 전화 아닙니까?"

수한은 누나가 속한 그룹의 담당 매니저에게 전화를 걸었다.

누나의 스케줄을 알아보기 위해서였다.

"안녕하십니까? 저 크리스탈의 동생 정수한입니다. 기억하시죠?"

비록 자신에 대하여 알고 있는 사람이라고 하지만 누나를 돌보고 있는 유한상에게 정중하게 말을 하는 수한이었다.

아무리 자신이 천하그룹 오너의 손자라 해도 지킬 것은 지켜야 한다고 생각했기에 예의에 어긋나지 않게 행동을 하였다.

"다름이 아니라 누나가 시간이 있으면 저녁이라도 함께하려고 하는데…… 스케줄이 어떻게 되는지 물어보기 위해 연락드렸습니다."

전화를 받은 유한상이 파이브돌스의 스케줄을 확인하는 것인지 잠시 수화기에서 뭔가 뒤적이는 소음이 들렸다.

―7시에 들어가는 생방송이 있는데, 그것이 오늘 마지막 스케줄입니다.

수화기 너머에서 들린 유한상은 마치 신병이 상관에게 보고를 하듯 똑 부러졌다.

그런 유한상의 목소리에 수한은 자신도 모르게 실소를 했다.

전에 보았을 때도 느꼈지만 참으로 순박한 사람이었다.

자신의 일에서는 물러섬이 없지만, 천하그룹 오너 일가를 생각하는 마음만은 그 누구보다 철저했다.

처음 그를 만난 것이 방송국 앞이었는데, 그때까지만 해도 혹시나 안티나 아니면 그에 버금가게 스타에게 피해를 주는 광팬은 아닌지 경계를 하던 그.

하지만 자신이 천하그룹 정대한 회장의 손자라는 것이 알려지자 태도가 180도 바뀌어 마치 전생에 있던 귀족에게 봉사하는 기사들처럼 깍듯했다.

"그럼 다른 누나들도 스케줄이 모두 끝난 것인가요?"

혹시 다른 누나들은 어떤지 물었다.

―파이브돌스 모든 스케줄이 7시 반이면 끝납니다.

"아, 그래요? 그럼 매니저님도 누나들 데려다주면 일과 끝이겠네요?"

―하하, 그렇죠. 오랜만에 일찍 집에 들어갑니다.

"그럼 오늘 제가 저녁 살 테니 드시고 들어가세요."

수한은 누나의 옆에서 도와주는 이들에게 저녁을 사 주고 싶다는 생각이 들었다.

"아니, 그럴 게 아니라 매니저님이 식당 하나 섭외해 주세요. 제가 스텝들까지 모두 대접 할 테니."

수한은 그냥 모든 스텝들에게 저녁을 사겠다고 하였다.

자신의 수중에 돈은 남아돌고 있었다.

작년 사촌형인 정현수에게 팔았던 설계도의 값으로 받은 돈이 통장에 절반이나 남아 있었기 때문에 돈에는 구애받지 않는 수한이다.

그러니 이럴 때 누나 주변 사람들에게 인심 한 번 확실히 베풀어 두는 것도 좋을 것 같았다.

"그럼 식당 섭외되면 주소 찍어 주세요. 그럼 조금 있다 뵙겠습니다."

수한은 한상과 통화를 마치고 집으로 운전을 하기 시작했다.

별로 땀을 흘린 것은 아니지만 그래도 연예인인 누나의 체면이 있으니 깔끔하게 샤워를 하고 나가기로 한 것이다.

집으로 차를 돌리자 이상한 느낌이 들었다.

조금 전 연구소를 나온 뒤부터 누군가 자신의 뒤를 따르는 느낌을 받은 때문이다.

'음, 저 바이크는······.'

아까부터 자신의 주변으로 바이크를 탄 사람들이 자주 목격이 되었다.

그러던 어느 순간 수한의 차 뒤로 바이크들이 모이기 시작했다.

그러 모습을 확인한 수한은 그들이 자신을 쫓아오고 있다는 것을 알게 되었다.

일부러 방향을 바꿔도 보고 또 차선도 변경해 보았지만, 그들은 자신을 쫓아 방향을 틀거나 차선을 변경했기 때문이다.

'무슨 목적이지?'

수한이 자신의 뒤를 쫓는 의문의 폭주족이 무엇 때문에 자신을 쫓는 것인지 의문을 품고 있을 때, 폭주족들은 폭주족대로 머리가 복잡했다.

아는 형님이 돈을 벌수 있다는 말에 친구들을 모아서 움직였다.

20살의 젊은 놈 하나를 지정한 곳으로 데려오면 되는 아주 간단한 일이라고 했다.

하지만 막상 타깃을 쫓아 뒤를 따르다 보니 이게 생각처럼 일이 되지 않았다.

그냥 국산차를 타고 다니면 가까이 가서 위협하면 되는데, 이게 국산차가 아니라 비싼 수입 외제차였던 것이다.

괜히 그런 차 잘못 걷어찼다가는 나중에 깽 값을 물어 줘야 할지도 모를 일이었다.

용돈 좀 벌어 보려다 집안 말아먹을지도 모르기에 쉽게 다가갈 수가 없었다.

그러다 보니 자신들의 원하는 곳으로 타깃을 몰 수가 없었다.

"정완아! 어떻게 하지?"

"아씨 몰라! 일단 덮쳐! 뒷일은 우리에게 일을 시킨 자가 알아서 처리하겠지."

정완이라 불린 이들의 리더는 생각할수록 머리만 복잡해지자 뒷일은 생각지 않고 일단 목표를 덮치기로 했다.

목표를 덮쳐 의뢰인이 원하는 장소에 데려다주면 자신들의 일은 끝나는 것이었다.

그러니 나중의 일은 의뢰인이 알아서 하겠지, 라는 생각을 하였다.

리더의 명령이 떨어지자 폭주족들은 바이크의 속도를 더해 수한의 SUV차량에 접근했다.

위험천만한 그들의 모습에 수한은 살짝 인상을 찡그렸다.

끼익!

너무도 위험하게 운전을 하는 그들의 모습에 수한은 차를 정차하였다.

일단 그들과 대화를 해 보고 무엇 때문에 자신의 뒤를 밟은 것인지 알아보려는 생각에 차를 정차한 것이다.

수한이 차를 멈추자 주변을 에워싸고 달리던 폭주족들도 바이크를 멈춰 수한의 곁으로 다가왔다.

"무슨 일이지?"

비록 자신보다 나이는 많아 보이지만 지금 수한도 기분이 좋지 않은 관계로 입에서는 반말이 나갔다.

모르는 사람과의 대화에서 절대로 반말을 하지 않는 수한이 이렇게 초장부터 반말을 하는 것은 자신이 결코 호락호락한 사람이 아님을 이들에게 알리기 위해서다.

그렇지만 수한에게 다가오는 폭주족들은 다른 목적이 있어 수한에게 다가오는 것이기에 그런 수한의 모습에 긴장하거나 하는 모습은 보이지 않았다.

사실 폭주족들에게 이런 일을 한두 번 한 것이 아니었다.

가끔 흥신소에서 이와 비슷한 일들을 의뢰할 때가 있었다.

그런 때면 이들은 바이크의 기름 값과 술값을 벌기 위해 망설임 없이 일을 하였다.

그 때문에 신세 망친 부녀들도 더러 있었다.

아무튼 수한이 조금 위협을 해 보았지만 폭주족들은 그런 것에 위협을 느끼지 않고 수한을 압박했다.

'한두 번 해 본 게 아닌 듯하네!'

자신의 곁으로 다가오는 폭주족을 보며 수한은 이들이 지금과 같은 일을 여러 번 했음을 알 수 있었다.

처음 이런 일을 한다면 분명 초보적인 실수가 나오기 마련이다.

하지만 이들의 침착한 모습에서 결코 이들이 초보가 아님을 알 수 있었다.

"좋은 말 할 때 우릴 따라와라. 괜히 맞고 후회하지 말고."

수한에게 다가오던 정완은 그렇게 말을 하면서 더욱 거리를 좁혔다.

한편 수한은 자신에게 따라오라는 말을 하는 정완의 말에 고민을 하였다.

사실 자신을 둘러싸고 있는 폭주족들이 전혀 위협이 되지 않았다.

다만 이들의 행동으로 봐선 이들이 자신에게 용건이 있는 것이 아니라 누군가의 부탁 내지는 의뢰로 자신을 찾아온 것으로 보였기 때문이다.

'배후가 있었군! 이들의 행동으로 봐선 날 그자에게 데려가려는 것 같은데?'

수한은 정완이 하는 말을 분석하고는 그가 자신을 이들의 배후에게 데려가려는 것을 깨닫고 따라가 보기로 결심했다.

"언제 온다는 거야!"

"전무님 조금만 더 기다리시죠. 그자를 데리고 오고 있답니다."

김장근은 자신이 의뢰한 자들이 수한을 데려오고 있다는 말에 애가 달았다.

그동안 수한 때문에 일본의 대동제약 주식회사의 하야시 상무에게 당한 굴욕을 생각하면 그저 남의 손에 일을 맡기기보단 자신이 직접 자신이 당한 울분을 털어 내기로 하였다.

이렇게 김장근이 변덕을 부린 덕에 폭주족들은 수한을 김장근에게 데려오는 것이었다.

얼마나 기다렸을까.

저 멀리서 다가오는 자동차와 여러 대의 바이크의 라이트 불빛이 나타났다.

끼익! 덜컹!

수한이 탄 SUV는 김장근이 앉아 있는 곳에서 조금 떨어진 곳에서 멈췄다.

그리고 수한을 데려온 폭주족의 바이크는 그런 수한의 뒤에 일렬로 정차하였다.

수한은 자신을 데려온 장소에 처음 보는 남자가 검은색 세단에서 내리는 것을 보았다.

그 모습을 본 수한은 그가 자신을 이곳으로 오게 만든 장본인이라 짐작하고 자신도 차에서 내렸다.

그런 수한의 모습에 김장근은 차갑게 식은 눈빛으로 노려보았다.

"당신은 누구고, 무슨 이유로 날 이곳으로 부른 거지?"

이미 작정을 하고 있었기에 좋은 말은 나오지 않았다.

그런 수한의 말에 김장근은 더욱 흥분했다.

딱 봐도 자신의 절반도 살지 않은 새파랗게 어린놈이 반말을 하는 것에 화가 난 것이다.

"역시나 싸가지가 없군!"

"당신은 싸가지가 있어서 모르는 사람을 이렇게 불량배를 시켜 납치하나!"

자신을 싸가지 없다고 말하는 수한은 김장근에게 잘한 일이냐는 듯 물었다.

이에 김장근은 순간 할 말을 잊었다.

자신이 하면 로맨스이고, 남이 하면 불륜인 것이 사람들의 사고방식이다.

"애비, 애미가 가정교육을 어떻게 시켜서……."

할 말이 없던 김장근은 순간 한국의 어른들이 할 말이 막혔을 때 하는 흔한 넋두리를 하였다.

하지만 이 말이 어떤 사람에게는 역린이 된다는 것을 그는 알지 못했다.

"가정교육?"

수한은 김장근의 말을 듣자 19년 전 자신이 납치당하던 기억이 오버랩 되었다.

아무리 의붓어머니인 최성희가 자신을 극진히 돌봐 주었다고 하지만, 수한의 뇌리에는 전생과 현생을 통틀어 처음으로 느낀 모성애와 부성애 그리고 형제애.

자신을 위해 가족 모두가 아끼고 사랑하고 있다는 느낌을 처음 알게 되었다.

그런데 그런 행복을 타인에 의해 단절되었다.

그때의 기억이 새롭게 떠오르자 수한의 분위기가 달라졌다.

수한이 흥분을 하자 그의 몸에 쌓여 있던 마력이 혈관을 통해 돌기 시작했다.

그리고 마력이 움직이자 주변에 있는 마나들이 공명을 하기 시작했다.

한편 수한을 이곳까지 데려온 폭주족들은 이상한 느낌을 받았다.

점점 가슴을 조여 오는 답답한 뭔가를 느끼며 인상을 찡그렸다.

그때까지도 그들은 알지 못했다. 자신들이 누구를 건들인 것인지.

〈『그레이트 코리아』 제4권에서 계속〉

그레이트 코리아

1판 1쇄 찍음 2015년 1월 20일
1판 1쇄 펴냄 2015년 1월 23일

지은이 | 정사부
펴낸이 | 정 필
펴낸곳 | 도서출판 **뿔미디어**

편집장 | 이재권
기획 · 편집 | 윤영상

출판등록 | 2002년 9월 11일 (제081-1-132호)
주소 | 경기도 부천시 원미구 소향로 17번길(두성프라자) 303호 (우)420-864
전화 | (032)651-6513 / 팩스 032)651-6094
E-mail | bbulmedia@hanmail.net
홈페이지 | http://bbulmedia.com

값 8,000원

ISBN 979-11-315-6224-6 04810
ISBN 979-11-315-6125-6 04810 (세트)

※파본은 구입하신 서점에서 교환하여 드립니다.